10岁开始读名著

远大前程

[英] 查尔斯·狄更斯 原著
[英] 杰克·诺埃尔 改编/绘图
任继泽 译

中信出版集团 | 北京

图书在版编目（CIP）数据

远大前程/（英）查尔斯·狄更斯原著；（英）杰克·诺埃尔改编、绘图；任继泽译. -- 北京：中信出版社，2023.1（2023.4 重印）

（10岁开始读名著）

书名原文: Comic Classics: Great Expectations

ISBN 978-7-5217-4369-2

Ⅰ.①远… Ⅱ.①查… ②杰… ③任… Ⅲ.①儿童故事－英国－现代 Ⅳ.①I561.85

中国版本图书馆CIP数据核字（2022）第077217号

Comic Classics: Great Expectations
Originally published in English by Farshore, an imprint of HarperCollins*Publishers* Ltd, The News Building, 1 London Bridge St, London, SE1 9GF under the title Comic Classics: Great Expectations
Text adaptation copyright © Egmont UK Limited 2020
Illustrations copyright © Jack Noel 2020
The illustrator has asserted his moral rights
Simplified Chinese translation copyright © 2023 by CITIC Press Corporation
ALL RIGHTS RESERVED

本书仅限中国大陆地区发行销售

远大前程
（10岁开始读名著）

原　著　者：［英］查尔斯·狄更斯
改编/绘图：［英］杰克·诺埃尔
译　　　者：任继泽
出版发行：中信出版集团股份有限公司
（北京市朝阳区东三环北路27号嘉铭中心　邮编　100020）
承　　印　者：北京中科印刷有限公司

开　　本：889mm×1194mm　1/32	印　　张：8.375	字　　数：128千字
版　　次：2023年1月第1版	印　　次：2023年4月第5次印刷	
京权图字：01-2020-5296	审图号：GS（2021）8907号	
书　　号：ISBN 978-7-5217-4369-2	（书中地图系原文插附地图）	
定　　价：39.80元		

版权所有·侵权必究
如有印刷、装订问题，本公司负责调换。
服务热线：400-600-8099
投稿邮箱：author@citicpub.com

阅读名著，让人生之路越走越宽

常立 | 复旦大学文学博士、儿童文学作家

大多数家长都希望往孩子的书架上多放一些文学名著，哪怕是他们自己都没有勇气去翻开的书，却总是期待着让孩子读。

青少年时期的阅读对一个人的性格和见识有着深远的影响。文学名著观照人们真实的生活，回应人们无法言说的烦闷，描绘人们渴望到达的理想之地。阅读这样的书，就仿佛置身于无限丰富的大千世界，了解了从未了解的自我，拥有了一把改变未来的钥匙。孩子们能否成长为对现实有责任感、对未来有憧憬、对美的事物有追求的人，这尽管不是阅读某本书能决定的，但是亲近文学名著无疑是大有裨益的。

这套"10岁开始读名著"用孩子们很喜欢的漫画、涂鸦的形式与原著的语言结合，使原著的故事更加具体，人物更加生动，对于孩子来说更容易阅读。比如在《巴斯克维尔的猎犬》中，谜案的线索在一幅幅小图画中得到不断的提炼，孩子们循着这些破案小贴士，就像在迷宫中手握导航一样，把这个乱成一团的案子追踪下去，直至自己揭开谜底。整个阅读过程，就像孩子们独立完成了一件非凡之事，并因之感到满足和愉悦。

这套书还有一个只有文图互补叙事才能带来的好处：在原有的文字叙事者之外，图画又增加了图画叙事者，使作品里的声音更加丰富了。这个图画叙事者常常会超越故事进行的时空，跃迁到当下对儿童读者说话,友好地讲述稀奇古怪的知识,温馨地提示需要注意的事项,细心地梳理情节进展的线索,滑稽地来点儿活跃气氛的脱口秀,在读者欢乐时锦上添花,在读者悲伤时雪中送炭……这样的叙事者,让我想起陪伴孩子阅读的父母或老师,而且是颇有阅读技巧的父母或老师,我愿意称之为伴读者。打开这套书,你就有了一个、两个、三个卓越的伴读者。

意大利作家卡尔维诺在《为什么读经典》中说:"只有在非强制的阅读中,你才会碰到将成为'你的'书的书。"可以想象孩子们无须家长的督促,就能轻松读完这套书,今后他们可能还会乐意去读原著,甚至去读同一作者的其他著作,在智识发展的不同阶段获得不一样的精神滋养。这些故事会成为他们一辈子的朋友。

这套书包含《金银岛》(和海盗一起出海寻找财宝的大冒险)、《巴斯克维尔的猎犬》(和福尔摩斯一起去侦破令人胆寒的迷案)和《远大前程》(和少年皮普一起成长并且反思成长)。至于阅读顺序,我也有一个小小的建议(当然,这并不是必需的)。

可以尝试先读《金银岛》,没有孩子不热爱冒险(当然是在书中勇敢且安全地冒险)。再读《巴斯克维尔的猎犬》,这时孩子会发现单凭勇敢不能解决所有的问题,必须要拥有观察力、逻辑思维能力。然后读《远大前程》,不仅仅是因为这本书涉及爱情(爱情受挫后怎么办,是青少年教育中很少被探讨的一个话题),还因为它涉及文学最奥妙的一种能力——反讽,这本书的书名本身，就是一个巨大的反讽。要理解反讽，不但需要聪明的头脑，还需要对自我和世界有更深入的认知，更需要宽广又细腻的同情心，反过来，这也是为什么我们的孩子需要阅读经典。

最后，我想提及这套书的一个难能可贵的亮点：它的确缩减了原作的篇幅，但并没有缩减原作的丰富性。

比如，以《远大前程》为例，它讲述了关于人生的若干永恒的话题，关于家庭、爱情、朋友如何影响一个人的成长，这些是青少年时常都会面临的困惑，但并没有单一的标准答案。它曾经受到争议的结尾，被原封不动地保留下来："清朗的月光铺满道路，我望不见任何阴影，也许，我和她再也不会分离了。"历经劫难天各一方的两个情侣，多年以后重逢，早已物是人非，他们最终会在一起吗？

童话故事对此问题有标准答案：从此，王子和公主幸福地生活在一起。但是《远大前程》的结尾更耐人寻味。他们有可能在一起，毕竟月光如此明亮，以至于连阴影都消失不见；但也有可能分离，毕竟月有阴晴圆缺，谁知道影子会不会去而复回呢？我想不同的读者会有不同的思考，也会收获不同的启示。

保留原作的丰富性，就是保留名著的"文学精神"，保留名著之所以成为名著的最重要的因素。祝愿孩子们从这套"10岁开始读名著"开始，去亲近文学，阅读经典，让自己的心灵更敞亮，人生之路越走越宽。

联合推荐
— 按姓名音序排列 —

　　一个人在青少年时期遇见《远大前程》这样一部人生之书是很幸运的，但是很多人会因为它的篇幅而却步。图像小说的俏皮感和趣味性很好地弥补了这一遗憾。而在图像的补充叙事下，《金银岛》的冒险氛围更加浓厚，《巴斯克维尔的猎犬》的谜案追踪过程也更加令人身临其境，足以令小读者手不释卷。

—— 付雪莲　儿童阅读推广人、全国小语年度"十大青年名师"

　　这套书不是简单地图解经典，并没有改变原著的叙述和情节。可爱的图画，动人的内容，生动的表达，精彩的架构，这是一场流动在纸上的名著盛宴，带给孩子极为丰富的阅读体验。

—— 冷玉斌　儿童阅读推广人、"百班千人"导师

　　极富创意的表现形式让古老的名著变得新鲜、轻盈，无须大人的陪伴和唠叨，小读者自会被吸引。

—— 刘颖　江苏省南京市芳草园小学语文教师

　　阅读图像小说并非意味着偷懒，因为它不是用图像替代文字，而是让图像与文字相互阐释。这套书不仅开启了对孩子来说更轻松的阅读空间，还得益于图像小说表达的丰富性，会给读者带来像侦探一样不断发现新线索的乐趣。

—— 王柏华　复旦大学中国语言文学系教授、本套书译者之一

　　图像小说的形式降低了名著阅读门槛，吸引孩子轻松步入经典殿堂。

—— 周美英　深圳市阅读推广人、"百班千人"导师

人世间最可悲的事情莫过于看不起自己的家。

我

皮普

我的姐姐

我居住的村子

大海 →

监狱船 →

三船家酒馆
（乡村酒馆）

沼泽地
（几头牛住在这里）

有余庄园
（郝维辛小姐住在这里，
看起来富丽堂皇）

教堂墓地
（我的爸妈埋在这里）

教堂

铁匠铺
（我住在这里）

通向伦敦！

姓名
菲利普·皮里普 ← 叫我皮普就好了

年龄
12 岁

住址
我和我的姐姐乔夫人、姐夫兼铁匠乔一起住在铁匠铺。

人生规划
乔说，当我长大后会成为一名像他一样的铁匠。

但有时我会想，世界那么大，

在我们的小村子之外，可能还有很多机遇在等着我……

乔

我们的房子

爸爸 菲利普·皮里普 已故的本教区居民

妈妈 乔治亚娜 前者之妻

第 1 章

我父亲的姓是皮里普,我的教名是菲利普,可我还是婴儿的时候舌头很笨,没法把这两个词完整而清楚地念出来,只能发出"皮普"的音。

我婴儿时的舌头

婴儿时期的我

皮普!
皮普!
皮普!

屁——噗!

于是我干脆叫自己皮普,别人也跟着用皮普来称呼我。

你好!
我的名字叫
皮普。

我从来没有见过我的父母，也没有见过任何能反映他们容貌的东西。（那个时候离照相技术的发明还早呢。）

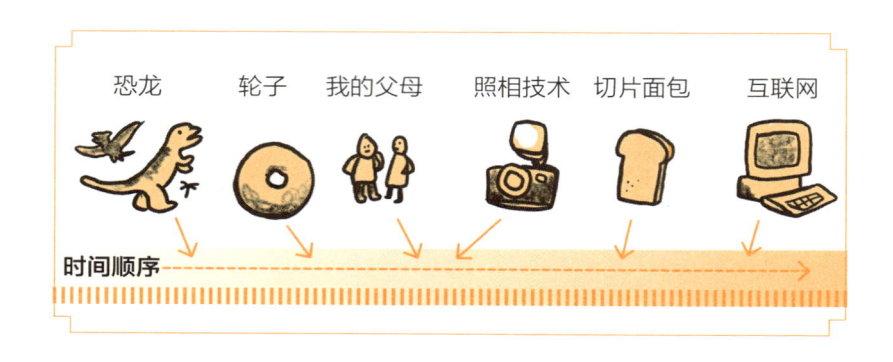

恐龙　轮子　我的父母　照相技术　切片面包　互联网

时间顺序

对于他们的模样，起初我也有过一些胡思乱想。这些想法都来自他们的墓碑。

我的家庭

父亲　母亲　我

菲利普·皮里普
已故的本教区居民

乔治亚娜
前者之妻

父亲墓碑上的字形给了我一种奇怪的印象，让我觉得他是个长得四四方方、黝黑敦实，有一头黑色卷发的人。

你好啊，儿子。

菲利普·皮里普
已故的本教区居民

咳咳，
嗨，我亲爱的，
咳咳……

一边咳嗽，一边抽鼻子。

乔治亚娜
前者之妻

从母亲墓碑上的字样，我则得出了个幼稚的结论：她脸上生着雀斑，并且弱不禁风。

我的故事就这样开始了。

那是一个寒冷的、令人难忘的下午,时间已经临近晚上。眼前这片长满了荨麻的荒地是教堂后面的墓地。

已故的本教区居民
菲利普·皮里普,

还有他的妻子
乔治亚娜

就葬在这里。

菲利普·皮里普

已故的本教区居民

乔治亚娜
前者之妻

墓地前面是片沼泽地，它昏暗而平旷，小土丘和栅栏门交错纵横，零零星星有几头牛在其中觅食。

沼泽地

小土丘

栅栏门

牛

远眺沼泽另一边，能看见一条铅灰色的线，那是一条河。

河流

更远处则是大海，它仿佛是充满野性的洞穴，狂风从中呼啸而来。

大海

眼前的景象让一个浑身发抖的小不点儿越来越害怕，最终忍不住号啕大哭起来。这个小不点儿就是我——皮普。

我

别吵了!

一个一脸凶相的人从墓地里猛地蹿出,大声吼叫。

安静点,你这个**小鬼**,不然我**拧断你的脖子**!

这个人看起来十分凶狠,穿一身灰衣,腿上拴着一副**巨大的铁镣**。

他头上没有戴帽子,只缠着块破布,脚上穿着破烂的鞋子。他似乎刚从水里爬出来,烂泥捂得他几乎喘不过气来,石头绊得他跟跟跄跄,碎石片划得他遍体鳞伤,荨麻刺得他又疼又痒,荆棘扯得他衣衫褴褛。

他一瘸一拐,浑身发抖,怒目圆睁,低声咆哮。

他一下抓住我,牙齿在他的嘴里不住打战。
"告诉我,你叫什么?"这人问道,"**快说!**"
"我叫皮普,先生。"
"再说一遍!"他死死盯着我,继续说道。
"我叫皮普,**皮普**,先生。"

你住在哪里?
指给我看看。

我指了指我住的村子,它离教堂有一英里多。

我居住的村子

他听见我哭了一会
儿，就在我的**周围**看
来，把我口袋里的东
西都倒在了地上。

其实口袋里除了一
片**面包**，也没别的东
西。他把我放在一块墓
碑上，抓起面包，狼吞虎咽地吃起来。

"你和谁一起生活？……我是说如果
我让你活下去的话。不过我还没想好要不
要饶你一命呢。"

"和我姐姐一起，先
生，也就是乔·葛吉瑞夫
人——铁匠乔·葛吉瑞的
老婆。"

"铁匠,是吗?"

他喃喃自语,并低头看了看自己的腿。

然后他挪过来,揪住我的衣服,猛地一把将我的身子摁了下去。

"**这样啊**",他说,"你知道什么叫**锉刀**吗?"

"知道,先生。"

"那你知不知道什么叫**吃食**?"

"知道,先生。"

锉刀 = 锉刀

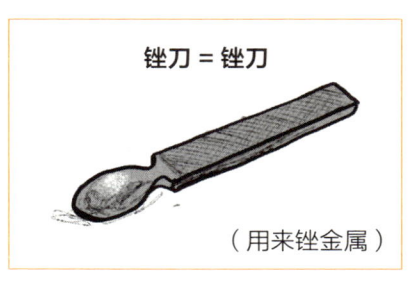

(用来锉金属)

吃食 = 食物

(用来吃)

每问一句，他都把我向后摁下去一点儿。

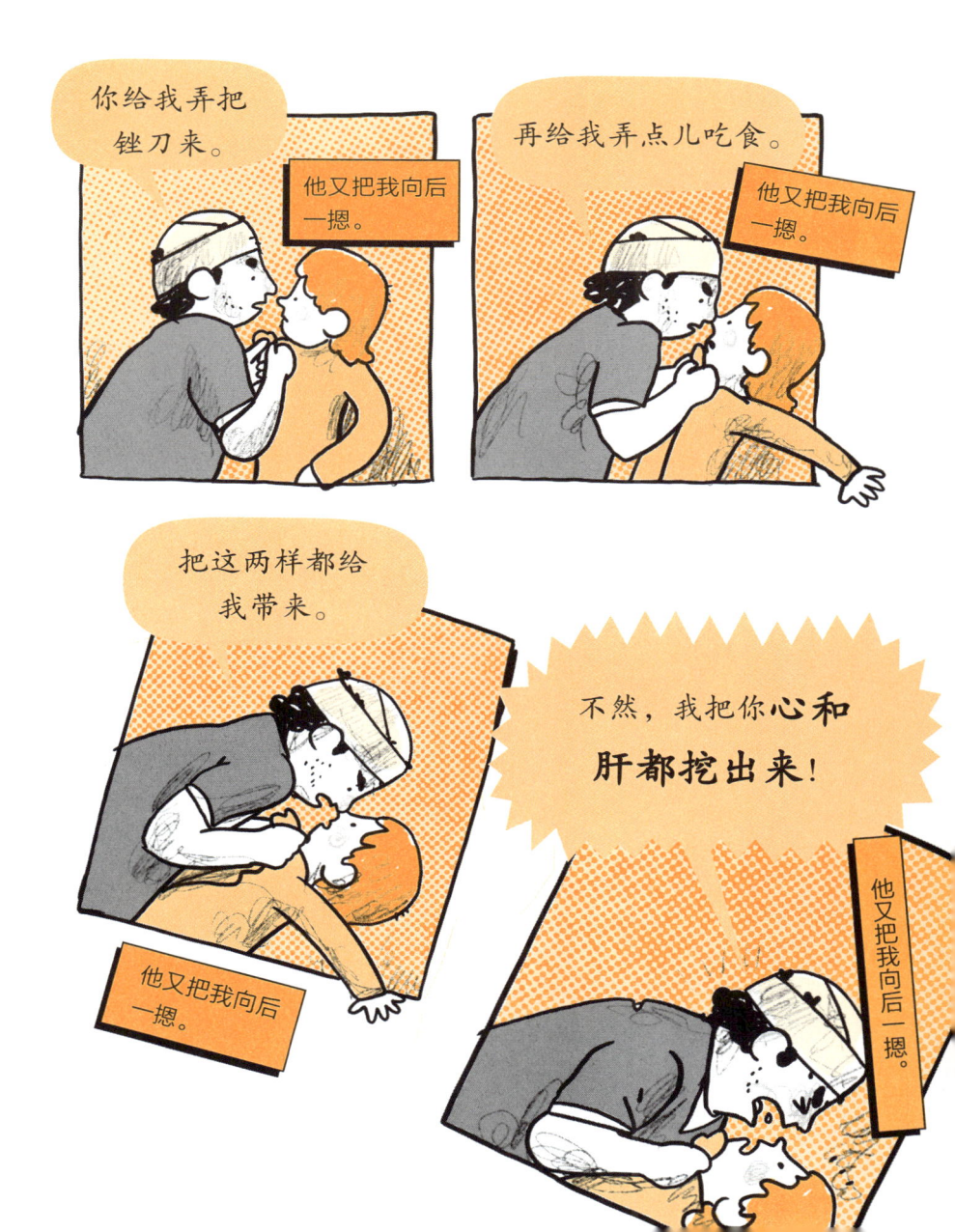

你给我弄把锉刀来。

他又把我向后一摁。

再给我弄点儿吃食。

他又把我向后一摁。

把这两样都给我带来。

他又把我向后一摁。

不然，我把你**心**和**肝都挖出来**！

他又把我向后一摁。

我说我保证能把锉刀弄来，吃食的话我能弄一点儿是一点儿，明天一大早都带来给他。

"你发誓，如果没办到的话，你就被雷劈死！"

他吼道。

我照他说的发了誓，他把我从墓碑上放下来。

他用自己的胳膊抱紧自己颤抖的身子，就好像怕身子会散架一样。就这样，他蹒跚着朝教堂的矮墙走去。

我目送他离开。他在荨麻和荆棘丛中踉踉跄跄,看起来像是在躲闪死人从坟墓里悄悄伸出的手,怕被它们抓住脚踝,拖进墓里似的。

此刻,恐惧再次占据了我的心头。我一步也不敢停,一溜烟儿朝家里跑去。

我可不要待在这里了!

第 2 章

乔·葛吉瑞夫人
（我的姐姐）

我姐姐的手

乔·葛吉瑞
（我姐姐的丈夫）

我的姐姐乔·葛吉瑞夫人比我大二十多岁。我是她"一手"带大的，这让她颇为自得，邻居们也对她交口称赞。我不知道"一手"是什么意思，但知道她的手又硬又粗，还老是一巴掌又一巴掌地打在她丈夫和我身上。所以我就想，大概乔·葛吉瑞和我一样,都是被她**一手**带大的吧。

乔·葛吉瑞是个温柔善良、待人随和、略带一点憨气的可爱家伙。他既有赫拉克勒斯的蛮力,也有赫拉克勒斯的弱点[1]。

"是谁把你一手带大的?"确实是她的口头禅。

我姐姐浑身的皮肤都红通通的,这让我时常好奇,她是不是在洗澡的时候把磨粉器当肥皂用了。

磨粉器去角质——我的美丽视频记录!!!
乔夫人 | 112 人已观看

---

1 赫拉克勒斯是古希腊神话中的大力士,但最终死于他妻子的暗算。这里是用他来比喻乔·葛吉瑞怕老婆。——编者注

我们的房子 → 乔的打铁铺 →

乔的打铁铺和我们家的木头房子挨在一起。当我从教堂墓地跑回家的时候,打铁铺已经关门了,乔正独自坐在厨房里。

乔夫人出门找你好多次了,皮普。

她刚刚又出门了,加上这一次,都够凑成"面包师的一打"了。

真的吗?

真的,皮普。

面包师的一打

这是有些人(尤其是老年人)说数字 13 的方式。这种说法来自过去,那时如果客人要买一打(12 块)面包,面包师通常会额外赠送 1 块。

"您需要在茶里放多少块糖?"
"面包师的一打,谢谢。"

"更吓人的是,她带着那根**挠痒棍**呢。"

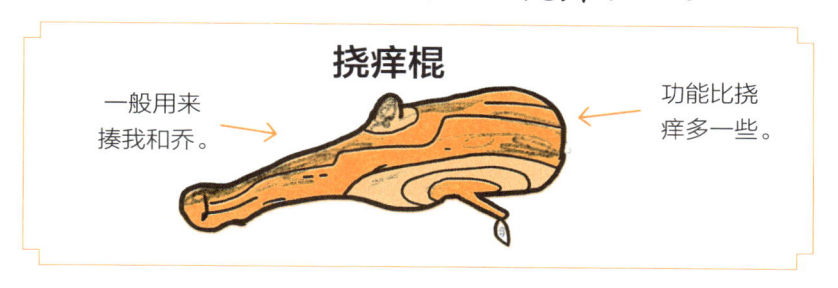

挠痒棍

一般用来揍我和乔。

功能比挠痒多一些。

"她在那儿坐立不安了好久,"乔说,"然后抄起挠痒棍,**火冒三丈**地冲了出去。这是真的。"乔又强调了一遍:"她**火冒三丈地冲了出去啊,皮普**。"

"她出去很长时间了吗,乔?"

"呃,"乔看了看墙上的钟说,"离她上一次火冒三丈大概有五分钟了,皮普。**哎呀,她回来了!**老弟,快藏到门后面。"

我接受了他的建议。

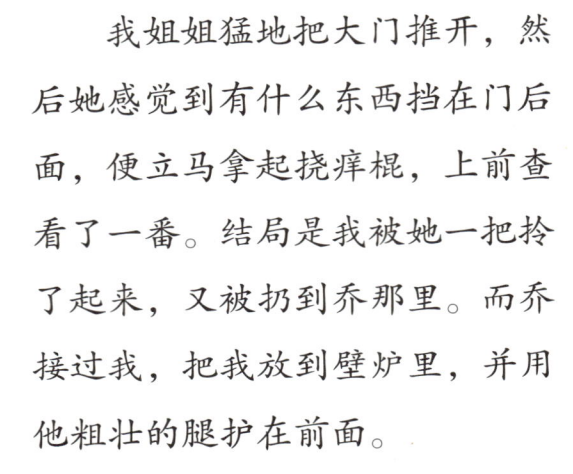

我姐姐猛地把大门推开，然后她感觉到有什么东西挡在门后面，便立马拿起挠痒棍，上前查看了一番。结局是我被她一把拎了起来，又被扔到乔那里。而乔接过我，把我放到壁炉里，并用他粗壮的腿护在前面。

跑哪儿去了，你这只野猴子？

乔夫人气得直跺脚。

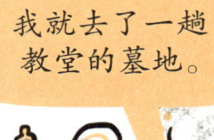

我就去了一趟教堂的墓地。

咚！
咚！

教堂的墓地！

"要是没有我的话，你早就躺进教堂的墓地，再也出不来了。

安息吧 年轻的皮普

"是谁把你一手带大的？"

"是你。"我说。

我没说错吧，这是她的口头禅。

"那你说说看，我把你带大到底图个什么？"姐姐吼道。

我抽泣着说："我不知道。"

"我自己都不知道！"姐姐说，"但我知道，我再也不会干这种事了！就算不跟当妈似的伺候你，光是嫁给一个铁匠我就够糟心的了。"

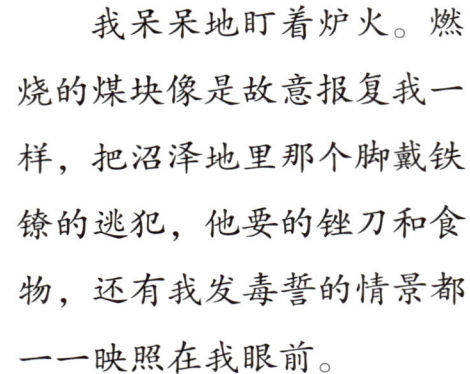

我呆呆地盯着炉火。燃烧的煤块像是故意报复我一样，把沼泽地里那个脚戴铁镣的逃犯，他要的锉刀和食物，还有我发毒誓的情景都一一映照在我眼前。

"哼！"乔夫人冷笑一声。她把挠痒棍放回原处。

教堂的墓地！真有你的！
你们俩早晚得把**我**逼进墓地里。

唉，要是我不在了，
你们这对活宝就该
称心了！

挂起来

大口嚼　　面包和黄油

我趁机把我那片抹了黄油的面包藏进裤腿里。

塞进去

乔刚要再啃一口面包,他的目光恰巧落在我身上,发现我的面包和黄油消失了。

"又怎么了?"我姐姐放下茶杯,厉声问道。

摇摇头

乔连忙摇摇头。

"又怎么了?"我姐姐用更加严厉的口气又问了一遍。

她猛扑向乔,而我只能坐在一边充满愧疚地看着。"你给我说清楚,到底怎么了?"我姐姐上气不接下气地问道。

"只会干瞪眼吗？
你这头愣猪。"

乔无可奈何地看着她，无可奈何地啃了一口面包，然后重新看向我。

"他是不是囫囵吞了他的面包？"我姐姐喊道。

她冲到我面前，像钓鱼似的揪着我的头发把我拽了起来，嘴里嚷嚷着可怕的话。

焦油下水

源自中世纪，被认为是"包治百病"的药，由松焦油和水混合而成。有点像扑热息痛，但味道实在是太恶心了。

你给我过来吃药。

当我意识到我是在偷乔夫人的食物时,负罪感几乎要把我逼疯了。

这时,从沼泽地刮来的风吹得炉火更旺、更亮了,我仿佛听见那个腿上戴铁镣的人正在外面喊话,让我**立马**给他吃的。

外面风很大[1]。

我要饿死了,伙计,**立马**给我吃的!

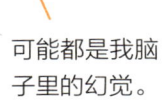

可能都是我脑子里的幻觉。

如果真有人会被吓得头发倒竖的话,那当时我的头发肯定根根倒竖了。

---

1 来自本书改编作者杰克的注释:我妈妈放屁的时候也会这么说。

那天晚上正好是平安夜，我必须得拿着根铜棒搅拌明天吃的布丁，从七点搅到八点。

砰！ ← 此时外面传来一声巨响。

"听！"我说。这时我刚干完了搅拌的活儿，正待在壁炉旁边，打算在上床睡觉之前再暖暖身子。

乔，这是大炮的声音吗？

"昨晚一个犯人逃了,"乔说,"他们正开炮提醒大家小心他。看现在这情况,他们是在提醒大家接着小心另一个了。"

通 缉
- 逃 犯 -

于昨夜出逃!
可能十分危险!
务必小心!
不要提供帮助!

通 缉
- 逃 犯 -

可能同样十分危险!

谁在开炮?

害怕!

这小子烦死人了。

姐姐眉头紧锁地看着我说:"问个没完没了。你不问问题,就没人骗你。"

乔张开口,用嘴巴比出一个口型,我感觉他想说的是"烦恼"。

所以我指了指我姐姐,同样用口型回复道:"她?"

"**船牢**那里开的炮!"姐姐没好气地嚷嚷道。

"噢!船——"我看着乔说,"船牢!"

乔仿佛是责怪我一般咳嗽了两声,说道:"我跟你说的就是这个。"

"拜托,告诉我,船牢是什么?"我继续问。

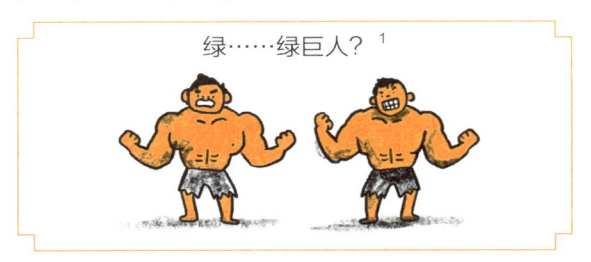

绿……绿巨人?[1]

---

1 船牢(hulk)与烦恼(sulk)的英文发音相近,同时绿巨人的英文也为Hulk。——编者注

"这小子老是这样！"姐姐叫嚷起来，"回答他一个问题，他能立马接上一打问题。船牢就是当牢房用的船，就停在沼泽地对面。"

噢，船牢！

"住在牢房船里的都是些什么人呀,为什么他们会被关进去?"我近乎绝望地问。

显然,乔夫人已经受不了我了,她马上站了起来。"我**一手**把你带大,不是让你操心别人的命的。

又出现"一手"了!

人被关进船牢里,是因为他们**杀人**,

是因为他们**抢劫**,

是因为他们**造假**,

是因为他们干各种各样的**坏事**。而且,他们干坏事都是从**问一大堆问题**开始的。"

赶紧去睡觉!

我摸黑上楼,脑袋被乔夫人最后的话吓得生疼,显然我要被关进船牢了。我开头已经问了一大堆问题,而且我还要抢乔夫人的食物……

我害怕入睡,因为我知道天一蒙蒙亮,我就不得不去抢劫储藏室了。

太阳正在升起。

我从床上爬起来,走下楼梯;踏过的每一块木板条,还有每一块木板条上的每一道裂缝,都好像在追着我喊:

停下,小偷!

乔夫人,快起床!

我可没有太多时间耗在储藏室里。

我偷了

一些 **面包**

几片 **干奶酪皮**

大约半罐 **甜水果馅**

从石头瓶子里倒出来的一些 **白兰地**

一根没多少肉的 **骨头**

以及一块 **诱人的、**圆乎乎的 **猪肉馅饼**

厨房

打铁铺

厨房里的一扇门通往打铁铺。我打开锁，拔出门闩，从乔放工具的地方拿了一把锉刀。然后，我把门锁和门闩摆回一开始的样子，再从昨晚溜回家的那扇门出去。一关上门，我就朝着雾气缭绕的沼泽地奔去。

呼噜声传来。

去**沼泽地**！

第3章

当我跑到沼泽地的时候,雾变得更浓了。在弥漫的大雾中,仿佛不是我奔向什么东西,而是周围的东西一股脑儿向我奔了过来。这对一个充满负罪感的人来说,可相当不好受。

栅栏门和河岸猛地从雾中冲到面前,好像生怕别人听不到似的大声吼道:"一个男孩拿了别人的猪肉馅饼!拦住他!"

牛群也突然现身,眼睛瞪得老大,鼻孔中飘出白烟。

喂,小贼!

我也没办法啊，先生们！

我拿这些东西也不是为了自己呀！

我跨过一条沟，又翻过沟对面的一片小土丘。这时，我看见那男人正坐在前面。他背对着我，双手抱在身前，睡得很沉。

我悄悄地接近他，碰了一下他的肩膀。

这人立马跳了起来,然而我发现我竟然找错人了,这是**另一个人**!

眼前这人也穿着灰色的粗布衣服,脚上也戴着巨大的铁镣,走路也一瘸一拐,说话声音也十分粗哑,看起来也冻得不轻,其他特征也都和昨天那人一模一样。不过两个人的长相不一样,而且眼前这人头戴一顶宽边矮筒的毛毡帽。

"哎哟,对不起……我把你当成别人了!"

他骂骂咧咧地走了过来，冲着我就是一拳——但这一拳相当软弱无力，不仅没有打中我，反而差点让他自己跌倒了——然后他就朝雾里逃去，一路上还被绊倒了两次，好不容易才跑出我的视野。

不久之后，我就找到了那个应该找的人——他正两手抱胸，一边蹒跚着踱来踱去，一边等着我。

他一定是冷极了。

我甚至都觉得，他会在我面前冻得倒地不起，一命呜呼。

从他的眼神可以看出,他已经饿得不行了。这次他没有把我倒拎起来,好拿光我身上的东西,而是让我用正常的姿势站在那里,把口袋里的东西都掏给他。

他开始狼吞虎咽地吃甜水果馅、带肉的骨头、面包、干奶酪皮和猪肉馅饼,几乎要把它们一口气全吞进肚里。一边吃一边警惕地望着四面的雾气,还时不时停下嘴,听听周围的动静。

我的狗的吃相和他差不多。

吧唧!
吧唧!
吧唧!
吧唧!
吧唧!
吧唧!
吧唧!

"好吧,"他说,"我相信你。"他用破烂的衣服袖子擦了擦眼睛。

我鼓起勇气说道:"看到您吃得这么香,我很高兴。"此时他正慢慢地开始吃馅饼。

"谢谢,孩子,确实很香。"

"您要全都吃了,我怕没法剩下来一点儿给他了。"我怯生生地说。

剩下来一点儿给他?

他是谁?

我这位正大口大口嚼馅饼的朋友立刻停了下来。

"那边,"我指着刚刚认错的那个人的方向对他说,"在那边——我看见他在那儿打瞌睡,我还以为他是您呢。"

帽子

"你知道吗，他和您穿的差不多，只不过多戴了一顶帽子。"

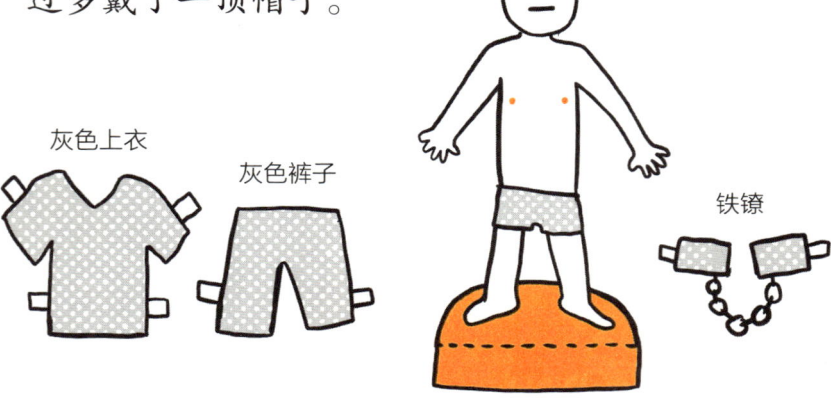

灰色上衣

灰色裤子

铁镣

"他在哪儿？"他把剩下的一丁点儿食物都塞进了灰布上衣的胸口处。

指给我看他往哪儿去了。

我恨不得像猎狗一样扑上去捉住他！

这该死的铁镣！

孩子，把锉刀给我。

我指了指一个方向，那人就藏在那边的雾里，他立刻抬起头朝那边望去。然后他一屁股坐在厚厚的、湿漉漉的野草上，像个疯子一样使劲锉他脚上的铁镣。

我又开始害怕他了，而且我也担心，我好像已经跑出来太久了。我告诉他我必须走了，但他没有理我，所以我想最好还是偷偷溜掉……哪怕已经走很远了，我还能听到他仍在那里锉着铁镣。

吱！
嘎！
锉！

> 顺便说一下,今天是圣诞节。

后来……

我本来已经做好了心理准备,觉得自己回去一定会被抓个正着。可是不仅没有人来抓我,甚至连我偷窃了储藏室的事也没人发现。

乔夫人正忙着收拾屋子准备过节,乔则被赶到厨房门口的台阶上,因为乔夫人嫌他碍事儿。

见鬼了,你又跑哪儿去啦?

这就是乔夫人的圣诞问候。

> 我去听圣诞颂歌了。

← 明显是谎言。

不久后,圣诞宴会的大餐就摆上了桌子,客人们也纷纷到场,一切都棒极了。并没有人提到我偷东西的事情。

我姐姐在餐桌上开始数落我惹过多少次麻烦,晚上不睡觉闹出了多少动静,多少次爬到高处摔

> 皮普永远都在**调皮捣蛋**
> 惹麻烦
> 不睡觉
> 从高处摔下来
> 跌进坑里
> 弄伤自己
> 死不了

下来,多少次遇着坑跌进去,多少次把自己弄伤,还有她多少次祈祷我赶快进坟墓,但我又死活不进去。

然而当乔夫人走向储藏室的时候,上面那些数落对我而言就都不算什么了。

我双手死死地抓住桌布下面的桌腿,等待着厄运降临。

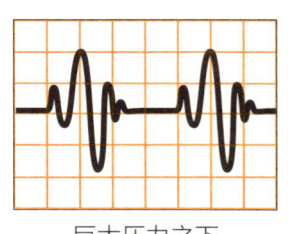

巨大压力之下,
我的心跳得特别快!

抓紧!

我渐渐地平静下来，握着桌腿的手也松开了。

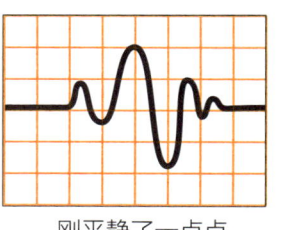

我觉得自己大概可以蒙混过关了，可这时，我姐姐突然对乔发话："拿干净的盘子来。"

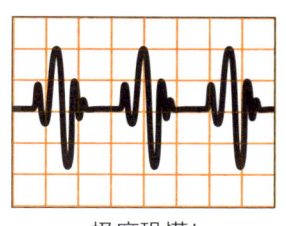

刚平静了一点点

我吓得立刻重新抓紧了桌腿，脑海里已经浮现出了接下来将要发生的事情。这一次，我觉得自己大概是真的完了。

极度恐慌！

"你们一定要尝尝，"姐姐摆出她最优雅的风度，对客人们说，"一定要尝尝，这是最后一道菜，是一块**可口的、美味的 馅饼！**"

千万别是那块猪肉馅饼！！！

我姐姐一边说着一边站了起来。

一块咸猪肉馅饼。

只能算是一块想象中的馅饼，因为……

客人们你一言我一语地恭维起来。

我姐姐动身去取馅饼了。我听着她的脚步声，一步一步逐渐接近储藏室。我感觉实在坐不住了，我必须赶快逃命。于是我双手放开桌腿，撒腿就跑。

可是还没等我跑出家门，迎头就撞上了一队手持步枪的士兵。其中一人拿着手铐，朝屋里瞪了一眼。

天哪！

原来你在这儿，快，有事要你帮忙！

第4章

因为这队士兵的到来,坐在饭桌旁的人们连忙起身,脸上写满了惊慌与困惑。

这时乔夫人正好空手回到厨房里,嘴里嚷嚷着:"我的老天爷啊,馅饼怎么不见了?"

不翼而飞的
美味的
猪肉馅饼

抱歉,女士们,先生们。

"我正在以国王的名义追捕几个逃犯，我需要铁匠的协助。这玩意儿出了问题，你能帮我们看看吗？"队伍中的巡佐说道。

← 断了！

乔看了看这副手铐，表示要修好这东西一个小时不够，得两个小时才行。

乔·葛吉瑞
铁匠

耗时预估

手铐维修

重接铁链	30 分钟
检查绞绳	15 分钟
清理销钉	15 分钟
修理铆钉	1 小时

总计：2 小时左右

嗯……

"那马上动手吧，铁匠！"巡佐说道。

"抓逃犯吗，巡佐大人？"姐姐问道。

对！

巡佐回答说："逃走了两个。有充分证据表明他们还潜藏在沼泽地里。有人瞅见过这两张脸吗？"

每个人——除了我之外——都信誓旦旦地回答说没有。幸好没人注意我。

"没有。"

"什么都没看见。"

"连个人影儿都没见到。"

拜托了，千万别问我！！！

乔走进打铁间，开始叮咣叮咣地忙了起来，我们则在一旁围观他干活。

乔终于干完了活儿，工具的捶打声和风箱的呼啸声都停了下来。

修好了！

随后乔提议说，在场的各位可以跟着士兵们一起出发，去看看抓捕行动——如果乔夫人同意的话。

要是回来的时候，这孩子的脑瓜被枪打开花了……别指望我能修好它。

在冒着严寒马不停蹄地随士兵们赶路时,我朝乔耳语了一句大逆不道的话:"乔,我希望我们抓不到那两个人。"

我们穿过教堂墓地一侧的门,来到了空旷的沼泽地。一阵雨夹雪随风吹落在我们身上,冰冷刺骨,乔连忙把我背在背上。

很快,我们就走进了阴沉荒凉的野地,不久之前我还见过那两个人躲在这里。这时,一个令我毛骨悚然的想法突然冒了出来——如果我们真的碰上了他们,我帮过的那个逃犯会不会以为是我把士兵带过来的呢?

我的心脏在乔宽大的肩膀上狂跳,就像铁匠挥动锤子打铁那样。我环顾四周,想看看有没有那两个逃犯的踪迹。可是我什么都没看到,也什么都没听到。

突然,我听到几声响声,仿佛是那个人仍在锉自己的铁镣。我一下子颤抖起来。但其实那只是羊身上铃铛的声音。

叮!!
咚!
叮!!

士兵们朝着老炮台的方向行进，我们跟在他们后面，与他们保持了一小段距离。突然，我们所有人都停了下来。

　　一声大吼透过凌乱的风雨传了过来。

嘿！

　　吼声是从东边传来的，离我们很远，但声音拖得很长，嗓门也很大。

　　仔细听来，这吼声好像来自两个或两个以上的人……

嘿！　噢！

东

　　巡佐命令他的手下朝着声音的方向以快步走的方式前进，所以我们往右（也就是往东）走去。

我们跑下河堤，

跑上河堤，

跨过栅栏门，

蹚过水渠，

冲过茂密的秧草丛。

当我们离吼声已经不算远的时候，又听见了一声大喊：

杀人啦！

另一个声音喊道：

卫兵！逃犯在这儿！

巡佐第一个冲了上去,两个士兵紧随其后。

你们两个,
立刻投降!

水花四射，

泥浆横飞，

叫骂声不绝于耳，

我帮过的犯人

另一个家伙

拳头你来我往。

又有几个士兵冲进水渠助巡佐一臂之力,把我帮过的犯人和另一个人分别拖上岸。

两个人都鲜血淋漓,气喘吁吁,还不停挣扎。

我帮过的犯人一边用破烂的袖子抹去脸上的血,甩掉手指上扯下来的头发,一边不住地喊着:"看好了!"

"看好了!"

"是我逮住的他!"

"现在我把他交给你们!"

"你们看好了!"

"得了吧,伙计。"

"你来这边。"

另一个犯人脸色乌青,浑身都是刮擦和拉扯留下的伤口。他费劲地喘着气,连话都说不出来。两人被分别铐起来之后,他只能倚在士兵身上才勉强没有瘫倒。

"他想杀了我。"他好不容易才吐出这句话。

我帮过的犯人摆出一副轻蔑的样子。

我想杀了他?

我不仅没让他逃出沼泽,还把他从逃跑的路上拖了回来!

"行啦,别瞎嚷嚷了。"
巡佐说,"把火把都点起来。"

我帮过的犯人这才得空环顾了一下四周,然后看到了我。

我微微摆了摆手，
摇了摇头。

其实我一直等着他注意到我，好让我有机会证明一下自己的清白。

我不知道他有没有理解我的意思，他只是在一瞬之间，用难以捉摸的眼神看了我一眼。

士兵们点燃了三四根火把。刚出发的时候天色已经不早了，现在则更加昏暗。不久之后，天就全黑了。

"听令，"巡佐说，"**前进！**"

两个犯人被远远隔开，分别由一个士兵押送。现在我拉着乔的手跟他一起走着，他的另一只手举着火把。

我们的火把在前进过程中落下了许多灰烬，它们掉在地上，依旧冒着烟并发出微弱的光亮。除此之外便都是黑暗，看不清别的任何东西。

突然我帮过的犯人转过身来对巡佐说："关于这次逃跑，我有几句话想说。"

"想说什么你就说吧。"巡佐也停下脚步,扭过头,冷冷地看着他。

"我从那边的村子里弄了点吃食,就是沼泽地边上有教堂的那个村子。"

"也就是说你偷了东西。"巡佐说道。

"我告诉你我从哪家弄的。是铁匠家。"

巡佐转头盯着乔。

"所以你就是铁匠,是吗?"我帮过的犯人问道,他连瞧都不瞧我一眼。

那真抱歉,
我吃了你的馅饼。

不用客气。
我们也不能让你
活活饿死呀,是吧,
皮普?

我们跟着他到了用粗木桩和石头堆成的渡口，看着他被押上小船，然后一群像他那样的犯人划着船把他带走了。

借着火把的光亮，我们看见了那艘漆黑的船牢，它就停靠在离泥泞的岸边不远的地方，里面仿佛装满了邪恶。

"好了，走吧，皮普。"

"你们！快给我划！"

这艘监狱船被数根巨大的、生锈的铁链紧紧锁住,固定在水面上,简直和戴着镣铐的犯人一模一样。我们眼看着小船驶向了大船,眼看着他被押上大船,然后消失在视野外。

没烧尽的火把也被扔进了水里,嘶嘶作响,

嘶——嘶——

很快就熄灭了。

在铁匠家可以干的事情: # 打铁。

我的未来都被安排好了。

我会成为乔的学徒。

我将成为像他一样的铁匠。

对此我还挺期待的。

我叫砧子"安妮",

我叫锤子"哈米"。[1]

与此同时,我姐姐也说我不能太娇气。

于是她让我给邻居家打零工,比如捡捡碎石头,赶赶鸟……

捡石头

赶鸟

但**她**拿走了我所有的工钱!

---

[1] 砧子(anvil)与安妮(Annie)的英文谐音,锤子(hammer)与哈米(Hammy)的英文谐音。——编者注

然后……

一位名叫毕蒂的温柔的姑娘开始教我读书写字。

毕蒂

乔感觉骄傲极了!

"我说,皮普老弟!你现在是个满肚子墨水的读书人了!可不是嘛!"

亲受的乔
原你身体建康 我相我很决就可以当你的老帅了 乔那时我门一定都很开心 然后我在当你的学待 太好玩了 看在我门之间亲清的分上 一定要担信我 皮普。☺

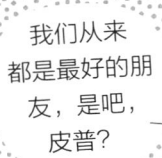

皮普的信

我们从来都是最好的朋友,是吧,皮普?

拥抱!

第 5 章

一年后……

"哎哟，"乔夫人把帽子搭在肩上，丝毫掩饰不住激动和兴奋的劲儿，"要是这小子今晚还不知道感恩的话，那只能说明他一辈子也学不会感恩了！"

我尽全力表现出一副感恩的样子，虽然我完全不知道为什么要感恩。

> 郝维辛小姐！

← 努力做出感恩的样子。

我姐姐说："郝维辛小姐想让这个孩子去她那里玩，他当然会去啦。他**最好**乖乖地去玩，就算不想，我也会想法子让他去的。"

我以前听说过这位郝维辛小姐——方圆几里内人人都听说过她，据说她家财万贯但为人冷酷，住在一座巨大但阴森森的房子里。这房子为了防盗而门窗紧锁，她就在里面过着与世隔绝的生活。

郝 维 辛 小 姐

极其富裕！　　极其冷酷！

"这次去郝维辛小姐家一趟，说不定他就从此**转运**了呢！"我姐姐说。

说着说着,她就像老鹰扑向羊羔一样扑向我,把我的脸按进水槽的木盆里,把我的头放在水龙头下面……

嗷!

给我打上肥皂	 揉	 擦
 敲	 搓	 刮

直到我被折磨得差点儿疯掉。

清洗之后，我被塞进一套最紧、最不舒服的衣服里，然后被推上了一辆马车。

再见，乔！

上帝保佑你，皮普老弟！

可是为什么我要去郝维辛小姐那里玩呢？我又能过去玩些什么呢？

不到十五分钟,我便到了郝维辛小姐的房子前。这座房子的每一块砖瓦看起来都历经沧桑,整个给人一种阴森森的感觉,周围还装了许多铁栅栏。

房子的窗户很多已经被砌死了,剩下的窗户里,位置低一些的也都被锈迹斑斑的铁栏杆罩住。

房子前面有个院子,也被栅栏围了起来。我摇了摇门铃,等着里面的人出来开门。

有余庄园

你的
名字是?

有人推开一扇窗,一个清脆的声音传来。

我回答说:"皮普。"

"好的。"这声音说道。然后窗户又被关上了,一个年轻的姑娘穿过院子,手拿钥匙走了过来。

你就是皮普，是吗？

这个年轻姑娘打量着我。她看起来非常漂亮，而且非常傲慢。

进来吧，皮普。

年轻姑娘锁上大门，带着我走过院子。院子的地上用砖石铺了路，十分干净，但砖石的缝隙里都长出了小草。冷风吹进这院子后似乎变得更冷了，它在酒坊敞开的地方进进出出，肆意游荡，发出吓人的呼啸声，仿佛海上的狂风穿梭在船只帆桅间。

> 孩子，别磨蹭啦。

　　虽然她叫我孩子，但其实她年纪和我差不多。不过她摆出一副比我年长不少的架势，好像自己是位二十多岁的女王一般，完全不把我放在眼里。

　　我们从侧门进了房子。一进门我就注意到，屋里的过道竟然一片漆黑，只有一支她留在这里的蜡烛发着微光。

她拿起这支蜡烛,领着我走过好几条过道,又爬上一座楼梯。周围仍然一片昏暗,她手里的蜡烛是唯一的光源。最后,我们终于走到了一个房间的门前,她说:"进去吧。"我说:"小姐,您先,我跟着您。"她听罢说道:"别犯傻了,孩子,我又不进去。"说完就目中无人地走开了——更糟糕的是,她把蜡烛也拿走了。

眼下这情形令人十分难受,而且我也非常害怕。然而我还是敲了门,屋内的人让我进去。我走进房间,却出乎意料地发现这间屋子相当大,并且在许多蜡烛的照耀下显得十分亮堂。

没有一丝太阳的光线照进这间屋子。从屋内的摆设来看,它应该是一间化妆室。

眼前是一把扶手椅,上面坐着一位夫人。她的胳膊肘放在桌子上,用手支着头。这是我所见过的——也可能是此生所能见到的——

最古怪的夫人。

"呃……您好。"

她穿着一身白色的衣服,

连鞋子也是白色的。

她的头上披着一条长长的白色纱巾,头发间点缀着新娘才会戴的花朵,可是她早已满头白发了。

曾经有一次，我被人带到沼泽地里的古教堂，去看从地下墓穴里挖出的骸骨。它生前穿着的华贵的服装已经化为尘土，只剩下一副光秃秃的白骨。

现在，这具骸骨好像生出了乌黑的眼珠，还转过来看向我。

谁呀？

夫人，我是皮普。

皮普？

我是来这儿……玩的。

过来点儿，让我看看你。离我近一点儿。

我走到她身旁，却不敢看她的眼睛。这时我发现她戴的手表停在了早上八点四十分，房间里的钟也停在早上八点四十分。

"看着我，"郝维辛小姐说，"我没见过太阳的日子比你活的时间都长，这样一个女人是不是让你害怕了？"

不怕。

说出这话绝对是因为我被吓傻了。

"你知道我**手触碰的这里**是什么吗?"她一边说一边把双手叠在一起,放在了左边胸口上。

"知道,夫人。"

"你说,我手触碰的是什么?"

"是您的心。"

碎啦!

在说这两个字的时候,她露出一抹怪异的笑容。

她把双手在胸口放了一会儿才缓缓松开,仿佛这两只手都很重似的。

"我倦了,"郝维辛小姐又说道,"我需要一点消遣。**你开始玩吧。**"

呃……什么?

玩呀，

玩呀，

玩呀！

???

我该玩什么？

驾！

骑马游戏？　　　　　球类游戏？？　　　还是其他什么游戏？？？

我呆站在原地，看着郝维辛小姐。

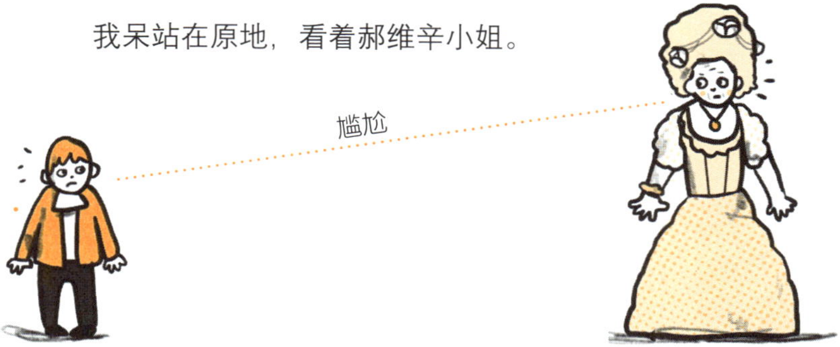

尴尬

"去叫艾斯黛拉,"她瞥了我一眼说道,"去门口叫。"

于是,我站在一座陌生房子里的神秘过道上,开始大喊:

艾斯黛拉!

……

过了一会儿,她终于应了一声。她拿着一支蜡烛走过来了,黑漆漆的过道里仿佛亮起了一颗星星。

郝维辛小姐招手示意她走近一点儿。

我要看你和这孩子玩牌。

跟这孩子？为什么？他不过是个普通的干脏活儿的小子！

粗鲁！

我似乎隐约听到了郝维辛小姐回答："怎么？你可以弄碎他的心呀。"

"孩子，你会玩什么？"艾斯黛拉问道。

"小姐，我只会玩'损人利己'。"

"那就损他吧。"郝维辛小姐对艾斯黛拉说。于是我们便坐下来玩牌。

损人利己游戏规则

游戏者轮流向场中发牌。如果你发的牌翻开来有 J、Q、K 或 A，那么另一位游戏者必须把相应数量的牌给你。

如果某位游戏者拿到了全部的牌，那么他或她就是胜利者。

在我们玩牌的时候，郝维辛小姐就像一具僵尸那样坐在一旁。她新娘礼服上的褶边和装饰也像是用泥巴色的纸裁出来的。

第一局还没分出胜负，艾斯黛拉就鄙夷地说道："这个孩子把'侍从'叫'杰克'！"

爱司（Ace）　　国王（King）　　王后（Queen）　　~~杰克（Jack）~~
　　　　　　　　　　　　　　　　　　　　　　　　侍从（Knave）
　　　　　　　　　　　　　　　　　　　　　　　　（高雅的人会这么叫）

> 你看他的手多粗糙！

> 你看他的鞋多笨重！

在此之前，我还从来没有觉得我的手会丢人现眼，而她赢下了这局，就把我数落成

一个愚蠢的、

笨拙的、

干脏活儿的小子。

我甚至都不好意思看我粗糙的手了！

"你不回她几句吗?"一直在旁观的郝维辛小姐说,"她说了你这么多,你也不会回她两句。你觉得她怎么样?"

"我……想……说。"我结结巴巴地回答。

"靠在我耳边说吧。"郝维辛小姐俯下身来。

"我觉得她特别傲慢。"我低声说道。

还有呢?

我觉得她**特别漂亮**。

还有呢?

我觉得她**特别无礼**。

此时她正一脸嫌弃地盯着我。

"还有呢？"

"我觉得我该回家了。"

"等一会儿你就可以回家，"郝维辛小姐大声说，"等玩完这盘之后。"

我和艾斯黛拉便一直玩到这盘结束，她最终成功地"损"了我。

我赢了！

好吧，我确实输了。

当从我这里赢走所有牌的时候，她一把将牌甩在了桌子上。

"该什么时候让你再过来呢？"郝维辛小姐说道，"让我想一想。"

我刚想提醒她今天是星期三，她就不耐烦地动了动右手的手指，让我别出声。

得了，得了！我不知道今天是星期几，我也不知道一年是怎么被拆分成星期的。

那么六天以后再过来吧，听见了没有？

好的，夫人。

艾斯黛拉，你带他下去。

走吧，皮普。

艾斯黛拉拿着蜡烛走在前头，我跟着烛光下楼，就像之前我跟着这抹光亮上来那样。到了我们进门时她拿起蜡烛的地方，她把蜡烛放了下来。

我看了看我粗糙的手和土里土气的鞋子。它们从来没有让我烦恼过，现在却显得特别恼人。我也打算问一问乔，为什么他要跟我说那几张印着人像的牌叫"杰克"，它们应该叫"侍从"才对。

抽泣！

我感到无比屈辱、伤心，受了蔑视，遭了冒犯，又生气，又难过，眼泪忍不住流了下来。

哈哈，你这个失败者！就是要弄哭你！

艾斯黛拉看了我一眼，脸上飘过一丝喜色，然后就离开了。

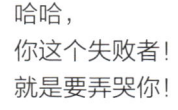

她走之后,我抬起一只胳膊撑住墙,把头往胳膊上一靠,放声大哭。

我一边哭一边踢着墙壁,还使劲扯头发。我心里实在太难受了。

呜呜呜!
抽泣!
大哭!

踢!

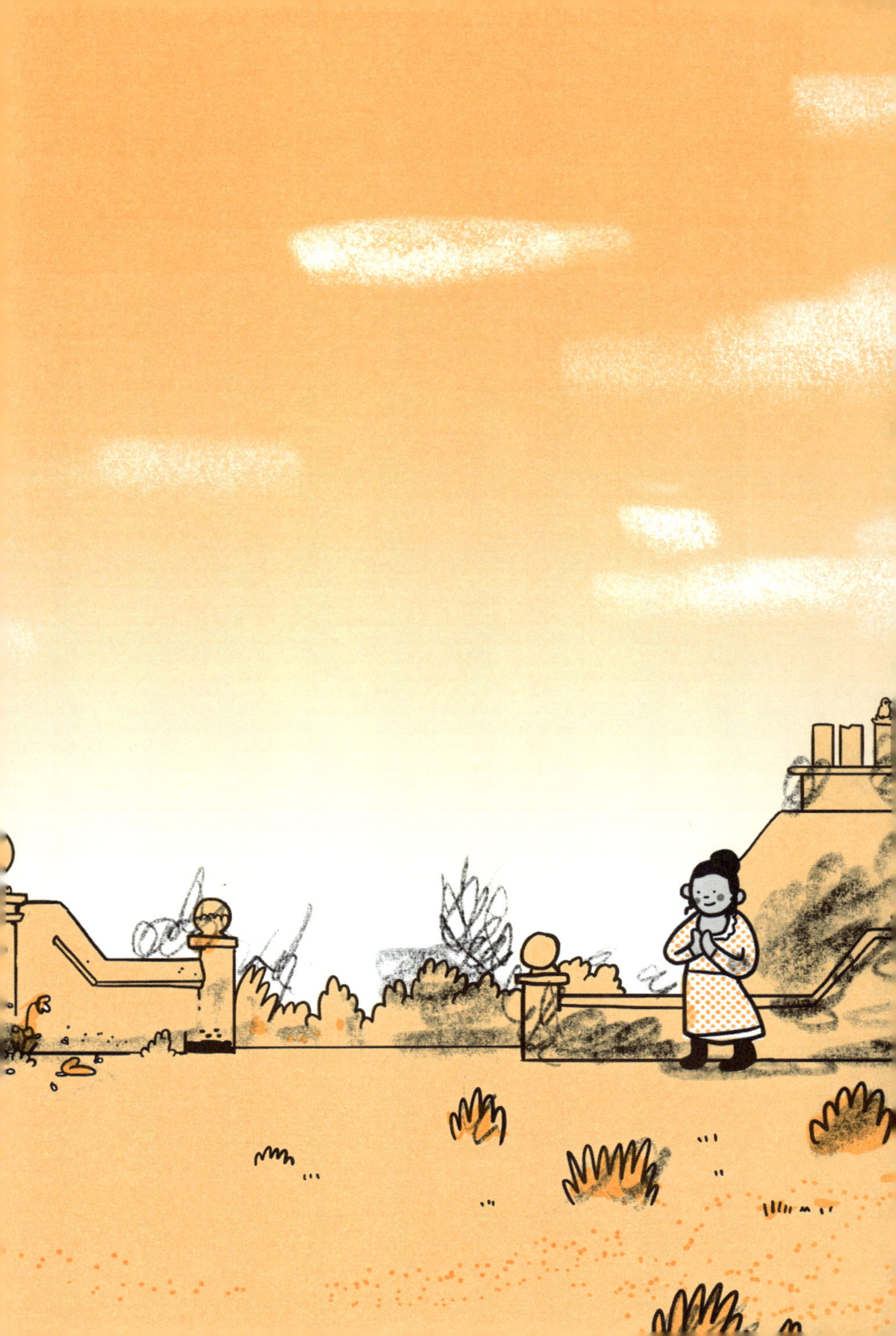

第6章

在约定好的时间,我又来到了郝维辛小姐的家里。我犹犹豫豫地摇了摇门铃,艾斯黛拉又闻声而来。就像上一次那样,她迎我进门,将大门锁上,然后带着我走进了漆黑的过道,她的蜡烛也依然放在老地方。

正当我们拿着蜡烛走在漆黑的过道上时，艾斯黛拉突然停下了脚步。她把脸凑上来，用充满嘲弄的语调说道："哎？"

"哎？小姐？"我差点撞到她身上。

她站在那里看着我，我也站在那里看着她。"我漂亮吗？"

"是的，我觉得你非常漂亮。"

我无礼吗？

没上次那么无礼。

没上次那么无礼？

是的。

在问最后一个问题时,她突然火冒三丈。而听了我的回答后,她

打了我一个耳光,

我感觉她用上了全身力气。

"**现在呢**?"她说,"你这个**没教养的小怪物**,现在你觉得我怎么样?"

"我不告诉你。"

"因为你会告诉楼上的人,是吗?"

"不,"我说,"我不会。"

"小无赖,这次你怎么不哭了?"

"因为我再也不会为你而哭了。"我说。

很快，我们又来到了郝维辛小姐的房间里。不论是郝维辛小姐，还是房间里的摆设，都和上次我走时一模一样。她从梳妆台那里转头看向我。

哎呀！

她说话的语气完全没有一丝触动或惊讶。

光阴似箭，是不是？

"去对面的房间，"她用枯树枝似的手指了指我背后的门，说，"在那儿等我。"

这间屋子非常宽敞，看得出来它曾经一定是富丽堂皇的。可现在，眼前所有的东西都覆满了灰尘和霉斑，而且碎得七零八落的。最显眼的物件是一张长条桌，上面铺着桌布，仿佛一场筹备已久的盛宴刚要开始，忽然整座房子和所有钟表都陷入静止了似的。

哇哦！

桌子中央似乎摆着什么装饰物，但上面结满了蜘蛛丝，已经看不出本来的形状了。此刻的它仿佛是一个不断生长的黑蘑菇，好多腿上斑斑点点、身上满是花纹的蜘蛛爬进爬出，好像已经把它当成了家。

我也听到有老鼠在墙板后面窸窸窣窣，还看到有黑色的甲虫老态龙钟地在壁炉上摸来摸去。

郝维辛小姐把一只手放在我的肩膀上,另一只手挂着拐棍一样的手杖撑着身体,看起来就像是住在这里的巫婆。

她用手杖指了指眼前的长条桌说:"等我死了之后,我就要躺在这上面。"

让他们来这儿瞻仰我的遗容。

吓坏了!

"那个挂着蜘蛛网的东西,"她又用手杖指了指桌上的黑蘑菇,问道,"你猜猜它是什么?"

夫人,我猜不出来。

它是一个大蛋糕。

一个婚礼蛋糕。

是我的!

她目光炯炯地环视了一下屋子，然后用手抓住我的肩膀，靠在我身上发号施令："快，快，快！**扶着我走起来，扶着我走起来！**"

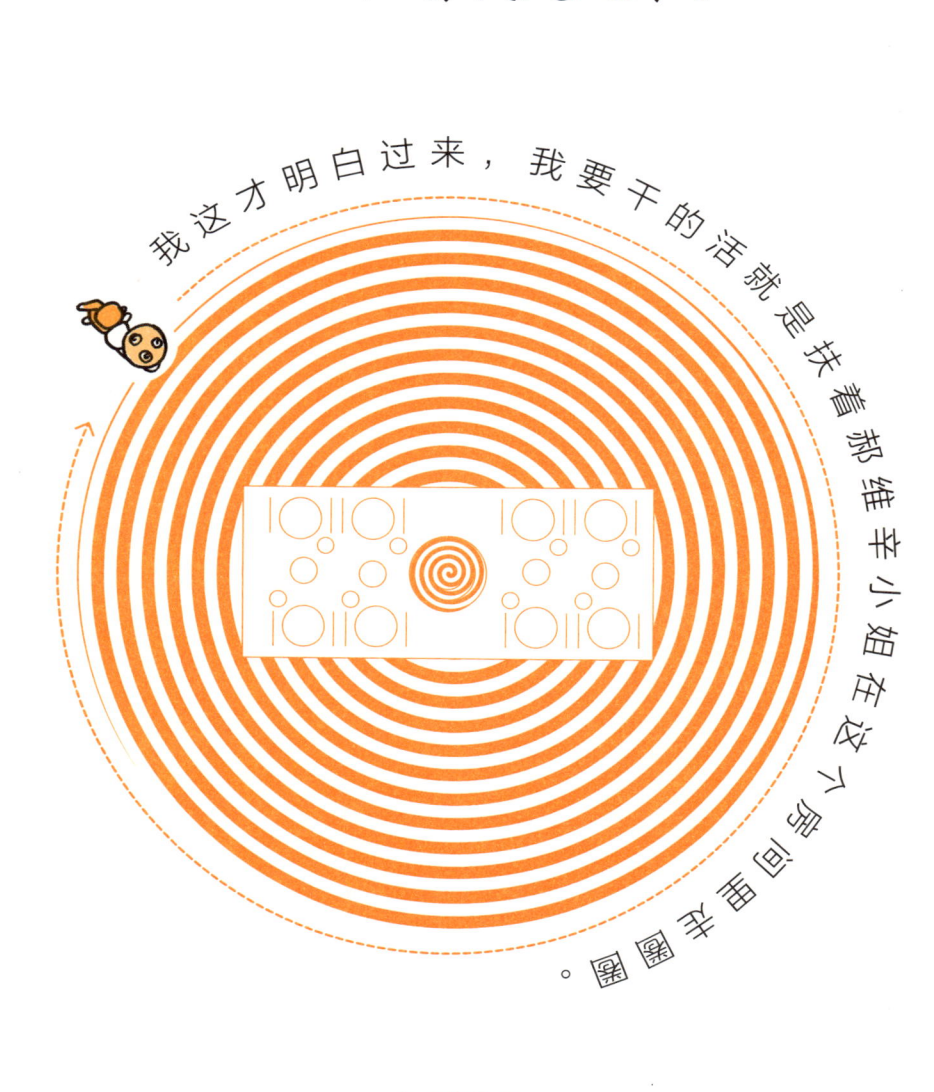

我这才明白过来，我要干的活就是扶着那维辛小姐在这个房间里转圈圈。

最后她停在了炉火前,盯着火焰看了几秒,喃喃自语了几句,然后对我说:

> 今天是我的生日,皮普。

我刚要祝她生日快乐,她却举起了手杖。

"在你还没有出生前,很久很久之前,有一年的今天,这堆**烂东西**被送到了这里。"说着,她举起拐棍似的手杖快速地戳了戳桌上那堆结满了蜘蛛网的东西,显然她并不想让手杖碰到它们,"它和我一起逐渐腐朽。老鼠用牙啃了它们,但比老鼠牙更加锋利的牙啃了我。"

她站在那里看着桌子，并用手杖的一端顶住心口。

"等什么时候这里彻底腐烂了，"她喃喃道，看起来简直像个已经泛白的死人，"等什么时候我死了，我就穿着我的婚纱，让他们把我搁在这张婚礼长桌上——必须这么办，这就是我对**他**的最后一次诅咒！"

我在旁边一声都不敢出。

我和艾斯黛拉玩了五六种游戏，也约好了下一次来的日子，然后就被领到楼下。此时的我正好可以随便逛逛。

我看见有一扇门开着，这扇门之前我好像没注意过。我穿过门进了一个庭院，在里面逛了个遍。这里只有一片草木丛生的荒地。

当我转身时，突然发现自己正和一位眼圈发红、头发淡黄、脸色苍白的小绅士四目相对。我着实吓了一跳。

"嘿哟！"他说。

我也有样学样："嘿哟！"

"谁让你进来的？"他问道。

"艾斯黛拉小姐。"

"谁让你在这儿四处闲逛的？"

"艾斯黛拉小姐。"

过来和我打一架吧！

？？？

我吓呆了,只能乖乖跟着他,就像被施了魔咒一般。

"对了,停一下,"他转过身来对我说,"我也得给你找个打架的理由。"

他迅速拍了一下双手, 拍!	优雅地向后踢了踢腿, 踢!
一把揪住我的头发, 扯!	然后又拍了拍手, 拍!
把头一低, 低头!	一头拱到了我肚子上。 怎么回事?! 砰!

★ 在大房子里的 ★

于是我给了他一拳作为反击。正要出第二拳时，听见他说："啊哈！你真的要打？"然后便在我眼前跳舞似的前后乱蹦。

"注意比赛规则！"他左脚一蹬跳了起来，落地时右脚又顺势一蹬跳了起来，"按通行规则来！"

白脸的小绅士 对战 **菲利普·闲逛男孩·皮里普**

这回他先蹬右脚再蹬左脚，接连跳了起来。他忽前忽后地躲闪着，做出各种令人眼花缭乱的动作，我只能无助地在一旁看着。

★ 惊天拳赛！

第一回合！

我挥出第一拳，却没想到他直接仰面倒了下去，抬头看我时鼻子里还淌出了血。我这辈子都没这么吃惊过。

但他迅速从地上爬了起来，十分熟练地用海绵擦干血，并再次摆出了进攻的架势。

第二回合！

他又仰面倒了下去，抬头看我时一只眼睛已经乌青了。要是不算刚刚那一次，眼前这情景就是这辈子最让我吃惊的事情了。

我问他：“需要帮忙吗？”他回答：“不用了，谢谢。”我说：“下午好。”他回：“你也是。"

我回到院子里，看见艾斯黛拉正拿着钥匙等我，但她既不问我去哪儿了，也不问我为什么让她等了这么久。只见她的脸上红通通的，好像遇到了什么令她开心的事情。这次她没有直接走向大门,而是退回到房子的过道里,还挥挥手让我过去。

"过来!如果你愿意的话,可以亲一下我。"

她把脸转过来靠向我,我亲了上去。

第 7 章

郝维辛小姐的房间 ←

→ 另一个房间

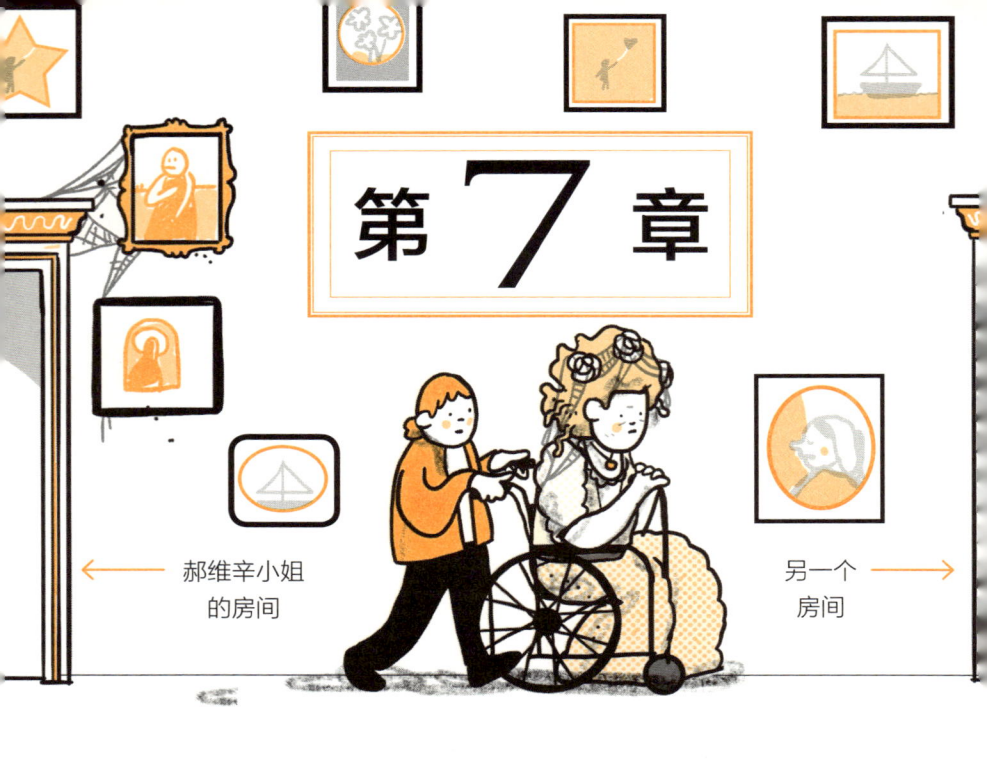

　　我每隔一天就要去一趟郝维辛小姐的家，也有了一份固定工作：推着坐在轮椅上的郝维辛小姐（如果她扶着我的肩膀走累了的话）在她的房间里转一转，然后经过楼梯之间的平台，去另一个房间那里转一转，我们就这样一圈一圈地兜圈子，有时甚至会一次兜上三个小时。

艾斯黛拉也总是在一旁，总是接我进门，又送我出去。但她再也没说过我可以亲她。

| 有时她会冷冰冰地不搭理我。 | 有时她会对我非常热情。 | 有时她又会吵吵嚷嚷地说她讨厌我。 |

有时郝维辛小姐会把艾斯黛拉搂在怀里，跟她说一些悄悄话，听起来像是：

> 把他们的心弄碎，
> 我的骄傲，我的宝贝！
> 把他们的心弄碎，
> 别可怜他们！

这样的日子我们过了很久,而且看起来还要继续下去,直到有一天,郝维辛小姐在我们兜圈子时突然停了下来。

"再跟我说一遍,你家那个铁匠叫什么来着?"

"夫人,他叫乔·葛吉瑞。"

"你最好马上正式当他的学徒。你乐意让乔·葛吉瑞跟你一起过来一趟吗?"

我说,毫无疑问,他会认为被邀请过来是他的荣幸。"具体什么时候呢,郝维辛小姐?"

"得了,得了!我对时间什么的一无所知。让他尽快来吧,跟你一起来。"

乔·葛吉瑞
铁 匠
擅长对铁块进行锻打、锤炼和塑形
qianxundeQiao@TieJiang.com

乔为了陪我去郝维辛小姐家而换上节日盛装，我在一旁看着，心里很不是滋味。因为我知道，他完全是为了我才会穿这么难受的衣服的。

为了我，他把衬衫的领子在脑后拉得很高，这让他头顶上的头发翘了起来，活像一簇羽毛。

"你是这孩子的姐夫吗?"

难以想象,乔看起来已经完全不是平常那个自己了,反而像一只怪鸟,头上顶着一簇羽毛,立在那里说不出话来,只是张着嘴,仿佛是在讨虫子吃。

你是这孩子的姐夫,

对吗?

"呃……是的,我满心欢喜地娶了他的姐姐。"

"不错！"郝维辛小姐说，"你把这孩子拉扯大，是为了让他做你的学徒，是吗，葛吉瑞先生？"

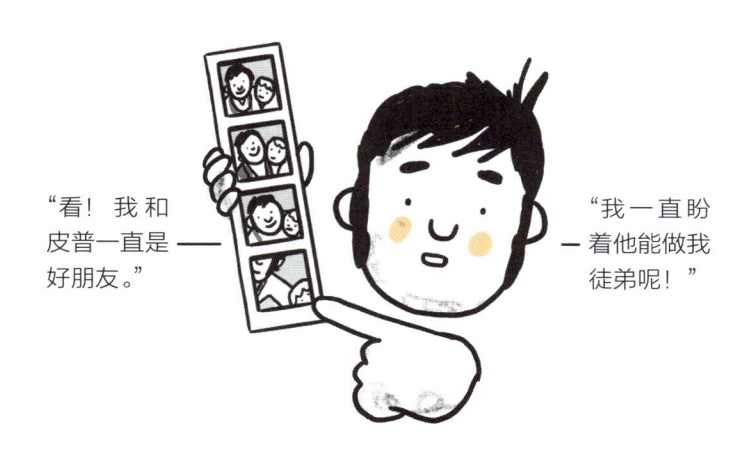

"看！我和皮普一直是好朋友。"

"我一直盼着他能做我徒弟呢！"

"这孩子自己愿意吗？他喜欢干这一行吗？"郝维辛小姐问道。

"他也想当铁匠。他也一直盼着呢！

至少，我觉得他想……"

郝维辛小姐从身边的桌子上拿起一个小袋子。

1几尼——1枚价值21先令的金币

guinea（几尼）和 pig（猪）这两个词连在一起时，就会变成完全不一样的词——guinea pig（豚鼠）。这是25只模样各不相同的豚鼠（guinea pigs），它们是不是很可爱？

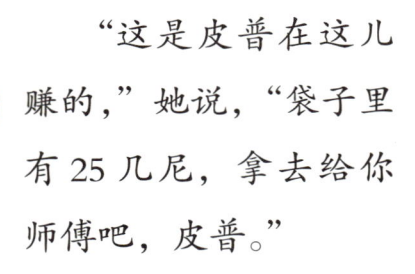

"这是皮普在这儿赚的，"她说，"袋子里有25几尼，拿去给你师傅吧，皮普。"

"您可真是太大方了！"乔说。

"再见了，皮普！" 郝维辛小姐说。

"下次我还来吗，郝维辛小姐？"我问道。

"不用了，现在葛吉瑞是你的师傅了。"

不久之后，我们就站在了大门外面，门立刻被锁上了。乔倚在墙上对我说："难以置信！"在回家路上，乔时不时就要来一句"难以置信"的感叹。

我终于回到了狭小的卧室里，心里非常不舒服，我非常确定，自己再也不会喜欢乔干的这一行了。曾经我还挺喜欢这一行的，但曾经不等于现在。

人世间最可悲的事情莫过于看不起自己的家。以前我坚信，只要走进打铁铺，眼前就是一条通向成熟和独立的光辉大道；可没想到不过一年的时间，一切就都变了。现在我家里的一切都显得那么粗陋平庸，我绝对不会让郝维辛小姐和艾斯黛拉看到。

第 8 章

四年后

做乔的学徒已经四年了。一个星期六的晚上,我和一群人聚在三船家酒馆的炉火旁。

我注意到对面有一位奇怪的绅士正倚在长椅的高背上,一直看着我们,脸上透出一股鄙夷的神情。他一边咬着自己粗大的食指,一边打量着我们的脸。

他用令人生畏的目光环视了我们一圈。

卡拉OK!
每周一
晚7点

我有理由相信,你们当中有一个铁匠,

名字叫乔瑟夫·葛吉瑞,或者是乔·葛吉瑞?

是你们哪一位?

这是一把
高背长椅

"是我。"乔说。

陌生人追问道:"你有一个学徒,大家都叫他皮普,是吗?他在不在这里?"

"我在!"我大声喊道。

"我想和你们两个私下谈谈,"他说,"可能需要花一点儿时间。或许去你们家里谈比较好。"

三船家酒馆

在一片布满疑云的沉寂中,我们三个离开了三船家酒馆;带着这片布满疑云的沉寂,我们走回了家。

谈话开始之前，这位奇怪的绅士在桌子旁坐了下来，把蜡烛挪到自己跟前，从口袋里掏出笔记本，然后对着烛光扫了一眼本子里的几条记录。

顶尖律师　J　成就斐然
贾格斯
伦敦
jiagesi@lundunfalv.org

我叫贾格斯，是伦敦的一个律师。

我手头有一项非同寻常的业务，需要你们协助我处理。但这项业务的委托人不便透露自己的身份。

"现在，乔·葛吉瑞，有人委托我向你提出如下要求：解除你和这个小伙子的师徒关系。

"如果他自己也有同样的想法，并且为了他的未来，你是不会反对的吧？"

"苍天在上，我是绝不会阻碍皮普的前程的。"乔瞪大了眼睛说道。

"那么，现在我来讲讲有关这个小伙子的事。我要说的是，他会有

哇哦！　　　　　如此美妙！

远大的前程。"

如此激动人心！

我和乔都倒抽了一口气，面面相觑。

"我受人委托来通知他，"贾格斯先生从旁边抬手指向我说道，"他将会继承**一大笔财产**，他将立刻远离当前的生活环境，离开这个地方去接受上流教育，成为一名绅士。总而言之，这个小伙子会有远大的前程。"

一大笔钱！

住在伦敦！

成为上流绅士！

我的梦想要实现了!

我的神秘赞助者 ?? = 肯定是郝维辛小姐!

郝维辛小姐要让我发大财了……

"现在,皮普先生,"律师接着说,"我得跟你说说其余必须讲明的条件。你应当知晓,首先,委托人要求你必须答应以下条件。"

#1 永远使用皮普这个名字。
所以不能再称自己"菲利普"、"皮皮"或者"皮皮狗"。

#2 你这位慷慨赞助者的名字将是高度机密,除非赞助者选择公开自己的姓名。
所以不要问任何有关这个人是谁的问题。

我结结巴巴地表示我完全没有异议。

> 一切都看起来非常划算。

"那么你什么时候去伦敦呢？"贾格斯先生问。

我回答说（同时看了看乔，他还是瞪着眼睛，一动不动），我大概立刻就可以出发。

"好的，皮普先生，"贾格斯说，"你是要成为一名绅士的，所以我想你越早离开这里越好。一周之内你会收到地址，到时候你可以雇马车去伦敦。"

第 9 章

经济舱
为您服务的首都客运

上午 7：00
星期六

| 票价 | 优惠 | 总计 | 车票编号 |

若本联被撕下，则车票无效

我 去雇马车的地方订了周六上午七点出发的车。周五早上，我去拜访了郝维辛小姐。

郝维辛小姐正拄着手杖，在摆着长条桌的房间里活动身子。听见我进来了，她便停下脚步转过身来。

有什么事，皮普？

郝维辛小姐，明天我就要出发去伦敦了。

她举起那根拐棍似的手杖，在我周围绕着圈子挥着，仿佛她是一位改变了我人生的恩人仙女，正在施法送我最后一份礼物。

"自从上一次见您之后我就交上如此好运,郝维辛小姐,"我喃喃说道,"对此我感激不尽,郝维辛小姐!"

"是呀,是呀!"她高兴地说,"我见过贾格斯先生了,我也听说你的事情了,皮普。你明天就出发吗?"

"是的,郝维辛小姐。"

"你被一个有钱人收养了,是吗?"

"是的,郝维辛小姐。"

"不知道名字?"

"是的,郝维辛小姐。"

"好的!"她继续说道,"你前途无量。要好好表现——好让自己配得上这样的前途——还要认真听贾格斯先生的指示。再见了,皮普!你应该知道,你这辈子只能用'皮普'这个名字啦。"

眨眼!

"是的,郝维辛小姐。"

她伸出手,我单膝跪下,捧起她的手放在嘴边吻了一下。她看着我,那双古怪的眼睛里流露出胜利的喜悦。我就这样向我的恩人仙女道了别,她双手扶着拐棍似的手杖,站在光线昏暗的房间中,身旁就是那个腐烂的、结满蜘蛛网的结婚蛋糕。

早晨五点我就得
提着我的小行李箱离
开村子了。我也跟乔
说过,我想独自出发。

可是在出发前的最
后一夜,当我上楼走进我的小
房间里时,我真恨不得冲下楼去恳求乔,
求他明早陪我一起出门。

但我最终没有下楼。

天亮了以后，我坐上马车出发了。我的内心苦楚无比，总想着是不是在换马的时候干脆下车，然后走回家，再在家里住一晚，再和家人好好地道一次别。可到了换马的时候我还是下不了决心。

> 我该这样做吗？

> 我还可以回家好好说一次再见……

我们又换了一次马，然后又换了一次，现在想回去已经来不及了，我只能继续赶路。晨雾已经消散，就好像一片巨大的幕布被庄严地揭起，广阔的世界展现在我的眼前。

> 已经来不及了……

皮普远大前程的

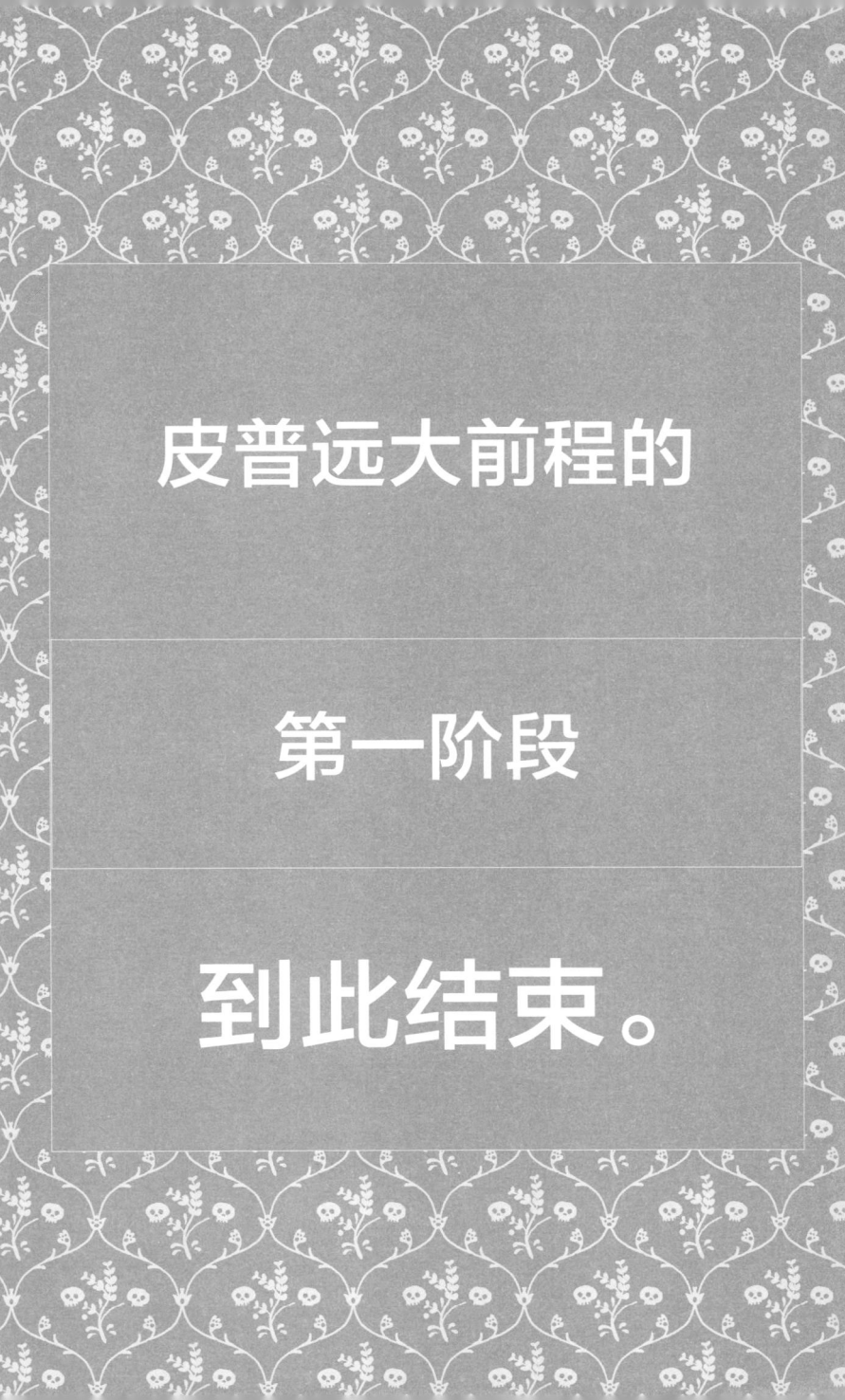

第一阶段

到此结束。

第 10 章

从我居住的村子到大都市伦敦大约需要五个小时。

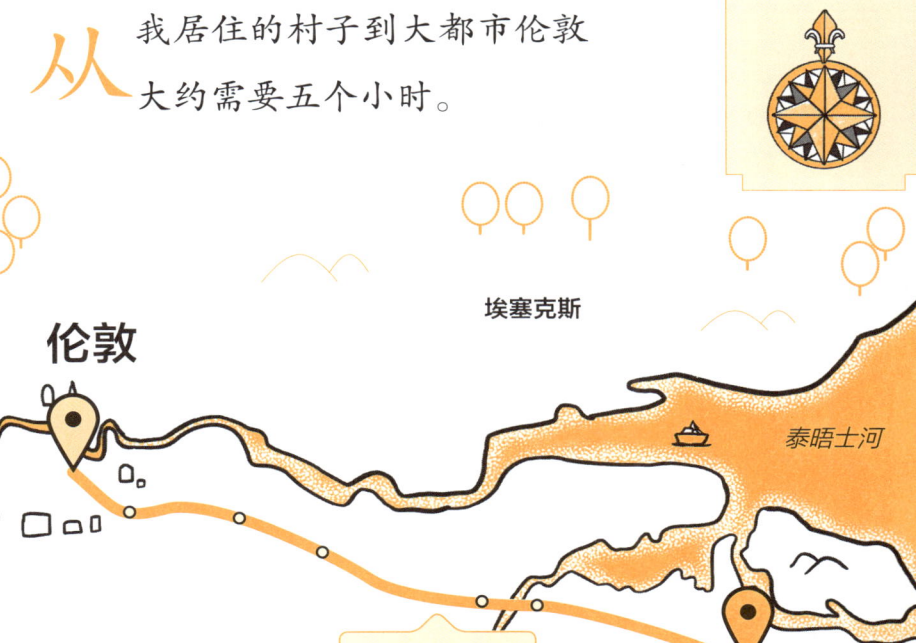

北

埃塞克斯

伦敦

泰晤士河

大约五小时（三十英里）

我居住的村子

肯特

地图位置

0　　　　　10
比例尺（英里）

时间刚过正午,我乘坐的四轮马车就汇入了伦敦的车水马龙之中,和其他马车一起抵达了齐普赛街伍德路的"交叉钥匙"大楼。

出租车

伦敦竟然这么大，大得令我害怕。之前我对伦敦只有一些模糊的猜测，只觉得它大概不会又丑又挤，又窄又脏。

我继续动身前往**巴纳德酒店**,在那里已经有人为我订好了一个床位。我将会遇到一位名叫波齐特先生的年轻人,并在周一之前和他一起住在酒店。

我从侧门走进了这个栖身之所,来到一片逼仄、凄凉的小广场上。这里简直像一片没有坟头的坟场。

> 举目望去,这里有最阴郁的树、

> 太阴郁了,不是吗?

> 最阴郁的鸟儿、

> 多么阴郁!

> 最阴郁的猫,

> 如此阴郁!

> 还有我平生所见的最阴郁的房子。

我登上一段似乎正慢慢烂成木屑的楼梯，走到顶楼的一套房间门口。

波齐特先生

几个大字印在门上，信箱上还贴着一张字条。

马上回来 ☺

为了打发时间，我也只能透过窗上厚厚的积灰，在一片朦胧中看看酒店的全貌。我忍不住在心里嘀咕：看来人们对伦敦确实是过誉了。

波齐特先生对"马上"的理解似乎和我的不太一样。我已经看窗外看了将近半个小时，无聊得快疯掉了，我用手指在窗子的灰尘上写自己的名字，在每块玻璃上都重复写了好几遍。楼梯那里终于传来了脚步声。

我看向楼梯，在我眼前依次升起了：

- 帽子
- 脑袋
- 领巾
- 马甲
- 裤子
- 靴子

它们都属于一个和我差不多年纪的年轻人。

他两边胳膊下各夹着一个纸袋，手里拿着一小桶蓝莓，一副气喘吁吁的样子。

"你是皮普先生吗?"他问。

"你是波齐特先生?"我也问。

霎时间,我觉得我的眼珠子都要从眼眶里掉出来了,不禁怀疑自己是不是在做梦。然后,我看见他的眼睛里也露出了同样的神色。他惊得后退几步。

老天爷!你是那个闲逛的小子!

是你!

那个白脸的小绅士!

脸色苍白的小绅士,真名:赫伯特·波齐特。

闲逛男孩,真名:皮普。

白脸绅士和我呆立在巴纳德酒店里，相互打量了一阵儿，都忍不住大笑了起来。

竟然是你啊！

竟然是你啊！

他究竟是谁？

我们头一次遇到赫伯特·波齐特（也就是脸色苍白的小绅士）是在第106页，你还记得吗？

我们又开始哈哈大笑。"哎呀！"白脸绅士一边说一边和气地伸出手，"那天的事就算过去啦，我当时下手有点重，你千万别放在心上。"我们亲切地握了握手。然后，我们聊到了郝维辛小姐和艾斯黛拉。

她是波齐特的姑妈！

"呵！"他说，"我才不在乎她呢。郝维辛小姐养她，就是为了向全天下男人复仇的。"

"她和郝维辛小姐有血缘关系吗？"

"没有，"他回答，"只是被收养的。"

"为什么她要向全天下男人复仇？复什么仇？"

"天哪，皮普！"他说，"你不知道吗？"

下面是郝维辛小姐的离奇故事

郝维辛小姐的故事

（由她的侄子波齐特先生讲述）

郝维辛先生
（郝维辛小姐的父亲）

小时候的郝维辛小姐

在郝维辛小姐还是婴儿的时候，她母亲就去世了。她的父亲对她百依百顺，十分溺爱。

郝维辛先生是个家产万贯且心高气傲的人，他的女儿也是如此。但不久，她的父亲就娶了另一个女子，他们后来还生了一个儿子。

这个儿子长大以后胡作非为，挥霍无度，毫无责任心。总之，他为人十分恶劣。

郝维辛小姐
那胡作非为
的弟弟

最终他的父亲剥夺了他的继承权，但在临死前又心软了，还是留了一笔不小的遗产给他。当然啦，这和留给郝维辛小姐的那份比起来就显得微不足道了。郝维辛小姐于是成了她家里正式的遗产继承人。

哼！

遗产

不久后出现了一个男人,他对郝维辛小姐十分动心。

这个人可以说是仪表堂堂,但内在里绝对不算上流绅士。

他追郝维辛小姐追得特别紧,还信誓旦旦地说,会对她忠贞不渝。郝维辛小姐疯狂地爱上了他。

毫无疑问,那时的郝维辛小姐对这个男人无比迷恋。他从她这里弄到了大量钱财,而她本来就为人傲慢,加之被爱情冲昏了头脑,所以对别人的提醒和警告不屑一顾。

婚礼的日期敲定了，结婚礼服也买好了，蜜月旅行也计划好了，连参加婚礼的客人也都邀请好了。

> 诚挚邀请您参加
> 我们的婚礼。
> 敬请赐复

结婚的日子终于到了，可新郎却没到。他给她留了一封信，她收到信的时候正在换婚纱，时间正是上午八点四十分。从那以后，她关掉了家里的所有钟表，让它们都停在上午八点四十分。她任由家宅荒废，自此过着不见天日的生活。

我不会来了。
顺便说一句：
你被甩了。

结 束

听完这个故事后我想了一会儿，然后问道："整件事情就是这样吗？"

"其实还有一件事。据说这个骗取了郝维辛小姐信任的男人是和她同父异母的弟弟串通好的。两个人合伙搞了这一出，到手的钱财也被两个人平分了。"

郝维辛小姐同父异母的弟弟

让郝维辛小姐心碎的男人

计划

1. 去见我同父异母的姐姐
2. 假装你要娶她
3. 把她的钱骗过来
4. 不要真的娶她
5. 拿到的钱我们平分

我又想了一会儿，问道："后来这两个人怎么样了？"

"他们又做了更无耻下流的事情，彻底堕落了。"

"那他们还活着吗？"

"我也不清楚。"

我知道的有关郝维辛小姐的一切，现在你也都知道了。

首　都

我在伦敦的新生活，十分忙碌。

周一	周四
见朋友	购物
周二	周五
酒会	看演出
周三	周末
宴席	好冷，不出门

我和我的新朋友赫伯特经常待在一起。

碰!

关于该如何成为一名**合格的绅士**，赫伯特教会了我很多。

你必须穿得像个绅士！

把你的帽子像这样略微倾斜。

时 光！

我和上流人士一起参加各种俱乐部的宴会。

我会偷偷地想念乔。

我甚至还想念乔夫人。

好吧……只是有一点点想她。

我整个人和以前大不同了。这种改变还挺不错的。

第 11 章

皮普·皮里普 收
巴纳德酒店
伦敦
英格兰

我的天哪!

有一天,我正忙着读书时,收到了一封邮局发来的信,它让我的心怦怦乱跳。虽然从来没见过信封上的笔迹,我却一下子就猜出了它出自谁手。这封信并没有像一般的信那样,用"亲爱的皮普先生",或是"亲爱的皮普",或是"亲爱的先生",或是其他的"亲爱的……"开头,而是如此写道:

艾斯黛拉 书

我会坐后天中午的马车来伦敦。

你会来接我吧?我们有言在先的。

不管怎样,郝维辛小姐对此有印象,所以我按她的意思写了这封信。

她向你问好。

你的朋友
艾斯黛拉

等着艾斯黛拉到来……

继续等……

等啊等啊……她终于来了!

我们刚在酒店的庭院里站定,她就冲我指了指她的行李。

"我要去里士满,"她对我说,"我会雇一辆马车,你得陪我去。"

她伸手挽住我的胳膊……

我以为和她在一起我就能

幸福地

我真的
真的
真的
喜欢她!

生活。

我的新福地!

里士满

"你要去里士满的哪里?"我问艾斯黛拉。

"我要花大价钱去和一位贵妇人一起生活,"她说,"她有——她说她有本事带我多出入上流人士的社交场合,把我介绍进这个圈子,让我认识更多人,也让更多人认识我。"

我们又聊了些别的事情,聊了我们正驶过的道路,聊了伦敦的哪些地方在路的这一边,哪些在路的那一边。

"看,这是大本钟!"

"哦,汉默史密斯桥。"

"这里有一幢大楼!"

这座大城市对她来说几乎完全是陌生的。她跟我说,除了去法国的那段时间,她就从来没有离开过郝维辛小姐身边。

"我挺好奇的,郝维辛小姐竟然会舍得和你分开。"

"皮普,这是郝维辛小姐的计划之一,"艾斯黛拉边说边叹气,仿佛感到很倦怠似的,"我得时常给她写信,还得定期回去看她,向她报告我的近况。"

> 这是她第一次直呼我的名字。

时间过得飞快,我们已经到了里士满。她微笑着和我握了握手,道了声晚安。我则看着眼前的大宅,在原地呆立了很久,满脑子都幻想着和她一起住在这里的幸福生活——虽然我也知道和她在一起我从未得到幸福,有的只是难过。

痛心计量表

第 12 章

> 微波炉直到 20 世纪 80 年代才普及。

赫伯特正吃着一盘冷肉作为晚餐,看到我进门便热情地欢迎我回来。

> 亲爱的赫伯特,我有点特别的事情,想跟你说一说。

吧唧吧唧……

赫伯特翘起二郎腿，歪着头看着我。

"赫伯特，"我一边说一边把手放在他的膝盖上，**"我爱……**

我仰慕……

艾斯黛拉。"

赫伯特并没有因此而惊呆，反而用一种理所当然的轻松口吻说："确实。所以呢？"

"所以呢，赫伯特？你要说的只有这几个字吗？所以呢？"

"我的意思是，接下来你要怎么办？"赫伯特说道，"我当然知道你喜欢她了。"

"你是怎么知道的?"我问,"我可从来没告诉过你。"

"还用告诉我?这就好比你从来不告诉我你剪过头发,我也能看出来你剪过。从我认识你的那天开始,我就知道,你一直仰慕她。你知道艾斯黛拉是怎么想的吗?"

这可太明显了!

我沮丧地摇了摇头。

这时门口传来一阵响动,有一封信从门缝里被投了进来,掉在地板上。

"是给你的,"赫伯特把信取了过来,"希望没出什么事儿。"

厚实的黑色火漆
+ 黑色条边
= 坏消息???

皮里普
先生收
巴纳德酒店
霍尔本区
伦敦

不是这种身体圆滚滚的黑色海豹[1]。

1　火漆与海豹的英文均为 seal。——编者注

这封信十分恭谨地通知我说,乔·葛吉瑞的夫人已于周一下午六点二十分离世,我需要在下周一下午三点整出席她的葬礼。

我写信安慰了乔,并告诉他我一定会去参加葬礼。回家前的几天我都是在一种奇怪的心情中度过的。

> 亲爱的皮里普先生,
> 我们怀着沉重的心情通知您,您的姐姐已于周一下午六点二十分离世。
> 葬礼将于下周一下午三点举办。

启程回家参加葬礼。

我一大早就下了马车,时间足够我慢慢走回铁匠铺。

我亲爱的乔看起来可怜极了,他披着一件黑色的斗篷,领子在下巴下面系成大大的蝴蝶结,独自一人坐在屋子一端的墙边。

我弯下腰对他说:"亲爱的乔,你还好吗?"他说:"皮普,老弟,你知道她其实还是挺好看的——"

然后他攥住了我的手,

再也说不下去了。

我们前往墓园，在菲利普·皮里普——已故的本教区居民和乔治亚娜——前者之妻的坟墓旁边，将乔夫人安葬。

我的姐姐从此静静地安息在这片土地中。

此刻云雀正在天空中歌唱。

微风轻轻吹拂,树木和云朵秀丽的影子斑斑驳驳地在坟头跳跃。

第 13 章

我回到伦敦生活后,也经常和艾斯黛拉碰面。我常常去里士满看她,在城里也常听到有关她的消息。她常常去参加宴会、野餐和派对,去看戏剧和歌剧,去听音乐会,而这些场合对我来说都是烦恼,因为她身边总跟着许多仰慕她的人。嫉妒心让我觉得每一个接近艾斯黛拉的人都想要追求她,可即便我不这么想,她的追求者也多得数不清。

他可能是个追求者。

我敢打赌他也是。

老兄,你在傻看什么呢?

在里士满的一次舞会上，本特利·朱穆尔在艾斯黛拉身边晃悠了一整晚，还和她跳了好几次舞。

"你喜欢他吗?"我问艾斯黛拉。

"谁?"她反问道。

"他,"我说,"他都围着你转了一晚上了。"

"你最近怎么样?"

"今晚过得开心吗?"

"你经常来这里吗?"

"所以呢?"她说。

"你也知道,他这个人是表里如一地蠢笨。他没什么长处,脾气也不好,人品低劣,是个十足的蠢货。"

"所以呢?"她说。

"他除了有钱,就没别的本事了。"

本特利,18 岁

★☆☆☆☆

个人特色

缺点:
不受欢迎
招人烦
蠢笨
优点:
(非常)有钱

"所以呢？"她又重复了一遍。每说一次，她那双可爱的眼睛就睁得更大一点。

"所以呢？"   "所以呢？"   "所以呢？"

太可爱了！

"所以呢！这让我很不好受。"

"那么你是想让我……"艾斯黛拉突然转过头来，纵使不算满面怒容，至少也是神情严肃，她接着说道，"你是想让我骗你，诱你上钩？"

难道你骗了本特利？你故意引诱他吗，艾斯黛拉？

是的，不只是他，还有很多人——但不包括你。

第14章

本章将会发生巨大的转折!

回到自己的房间后,楼下窸窸窣窣的脚步声吓了我一跳。我拿着蜡烛朝楼梯口走去。不管是谁在楼下,估计一看到烛光便停下了脚步。周围变得静悄悄的。

"有人在楼下吗?"我一边大声喊道一边向下张望。

"是的"。下方的黑暗中有人喊道。

"你要去几楼?"

顶楼。

找皮普先生。

我站在原地不动，伸手把蜡烛举到楼梯栏杆外面。那人慢慢地走上来了，烛光照见了他的身影。我手中的蜡烛跟着这人的身影移动，我大致能看清他穿着粗野，看着像是常年在海上航行的人。

他有着长长的、铁灰色的头发，年纪大约六十岁。

他浑身上下肌肉结实，双腿尤其粗壮。他肯定经常遭受日晒雨淋，脸颊也因此变得黝黑而坚毅。

当登上楼梯最后的一两级台阶时，他向我伸出了双手。

"你想进屋吗？"

"是的，"他回答说，"我想进屋，少爷。"

我把他领进我刚刚在的房间,把蜡烛放在桌子上,并用尽可能谦恭的语气请求他说明一下自己的身份和来意。

他带着奇怪的神色环顾了一下四周,然后立马又向我伸出了双手。

"你这是什么意思?"我有点怀疑这个人是不是个疯子。

他直愣愣地看着我,然后慢慢抬起右手擦了擦自己的头。

"这可真是让人丧气啊,"他的嗓音粗糙沙哑,"好歹我期待了那么久,又赶了那么远的路才过来。"

他坐进炉火前的椅子里,警觉地回头看了一下。

这儿没别人吧?

没有吧?

"我又不认识你,你半夜三更跑到我这儿,还问我这种问题,你想干什么?"我反问道。

"你可真神气。"他冲我摇了摇头,故意摆出一副慈爱的样子。

> 看你长成这样一个神气的小伙子,我太高兴了。

我认出他了!

即便风雨能冲走这几年的时光,把我和他带回初次见面的教堂墓地,让我们注视着对方——即便是这样,以我们现在和之前迥然不同的样子,在初识的墓地相见,与我如今看着坐在炉火前椅子里的他其实差不多,我不可能更快地认出他就是我帮过的那个逃犯。

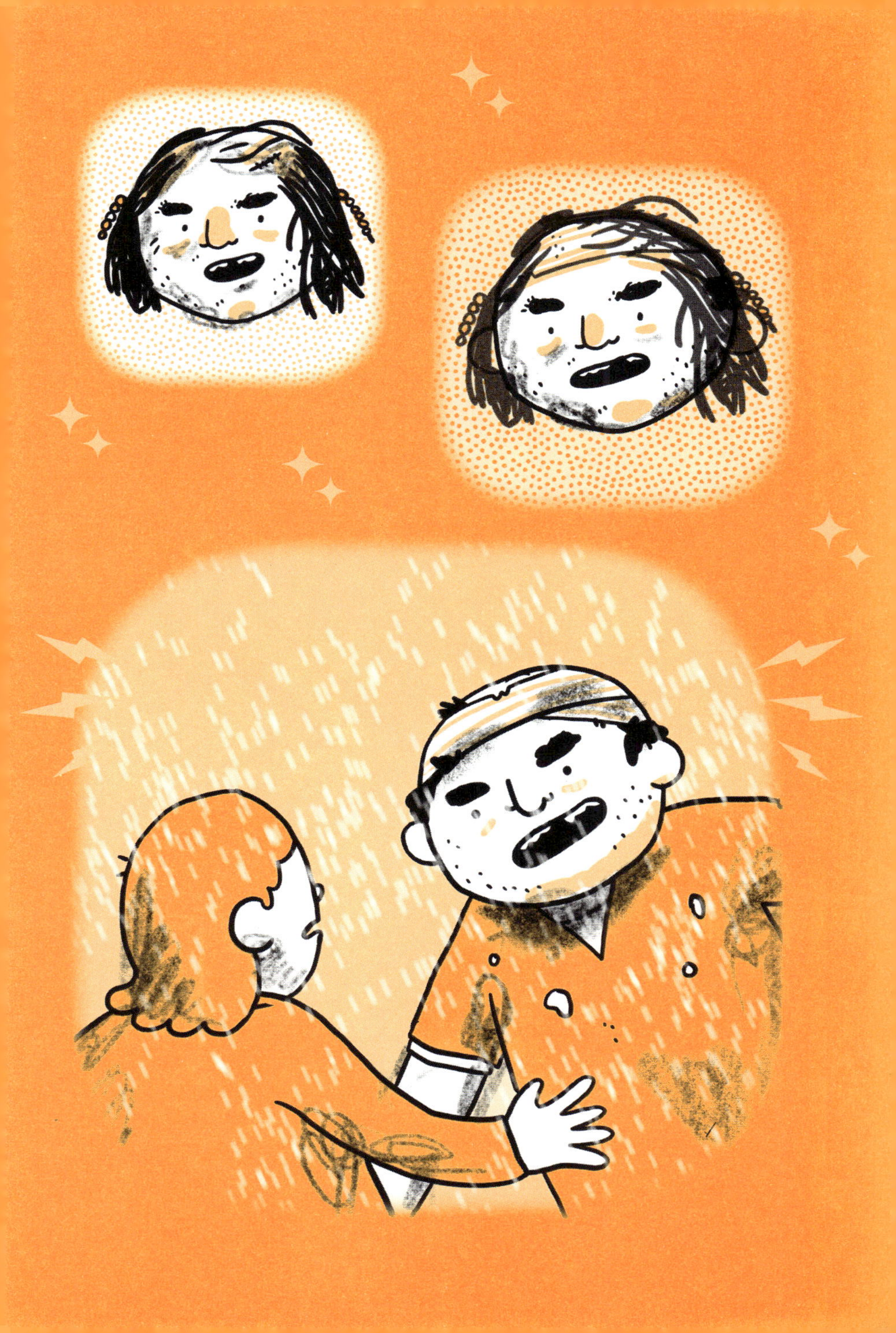

"孩子，当年你的行为真是高尚，"他说，"高尚的皮普呀！我可从来没忘记过你的恩情！"

我一把把他推开。

别动！

离我远一点儿！

推

"如果你过来是为了感谢我小时候帮你的事情，那大可不必了。你能为了这事儿过来找我，说明你心里还有一些善念。只不过你得理解……我……"

"什么？我得理解什么呢？"

感谢
赠予
吃食

↑
用一张卡片来
感谢就够了。

"很久以前,因为偶然的原因我认识了你,但现在情况不同了,我不能继续和你往来。"

唉!

"但你刚淋了雨,看起来也很疲惫。要不要喝点东西再走?"

我给他端了一杯热的朗姆酒和一些水,同时努力控制双手不要哆嗦。当把杯子递给他时,我惊讶地发现他的眼里噙着泪水。

"你靠什么过活呀?"我问他。

"我在新大陆放羊、养牲口,也干过些别的活儿。"他回答说,"那片大陆离这里十万八千里远,中间隔着满是狂风巨浪的大海。"

流放
在皮普那个年代,惩罚犯人的方式之一,是把犯人送去像澳大利亚那样很遥远的地方。

他像皱眉似的笑了笑,又像笑似的皱了皱眉,问道:"请恕我冒昧地问一个问题,从我们在那片冷得让人哆嗦的沼泽地里分开后,你是怎么过上这种好日子的?"

我硬着头皮告诉他,我被人选中继承了一笔财产。

"冒昧地再问一句,是谁的财产呢?"他说。

我支支吾吾地回答道:"我不清楚。"

> 你应该有个监护人吧,对吗?

> 说不定是个律师。至于这位律师名字的第一个字,我猜是贾,对不对?

听到这里,我的心像铁锤乱挥一般狂跳起来,身体也从椅子里弹了起来。我用手紧紧抓住椅背,一双眼睛像发狂似的盯住他。

"是的,皮普,亲爱的孩子啊,是我让你变成了**一位绅士**!是我!"

这一切都是**我**安排的!

"那时候我就发了誓,只要我挣一个几尼,就给你一个几尼。后来我又发了一个誓,只要我发财了,你也要跟着一起发财。"

不是这种"几尼",不是豚鼠。

我的神秘资助者 = 我帮过的逃犯!!! 并**不是**郝维辛小姐!

他再一次抓住我的双手,我体内流动的血液霎时像冷透了一般。

"你没有想过可能是我吗?"

"没有,没有,没有。"我回答道,"从来没想到过!"

"那现在你已经知道啦,那人是我而且只有我。除了我和贾格斯先生,谁也不知道这事。"

我努力整理自己的思绪,但我内心还是一片愕然。

"记住，孩子，"他继续说道，"小心驶得万年船。"

"小心？你这是什么意思？"我问。

"不然就会**死**！"他说。

"为什么会死？"我问。

> 我本是被判终身流放到海外殖民地的，只要回来就会被处死。

> 万一被抓住，我就要被处绞刑。

现在我满脑子只有这个想法：几年来，这个不幸的人用财富的锁链捆住了不幸的我，而现在，他冒着生命危险亲自来找我了。

我立刻拉上百叶窗,以免屋里的光线被外面的人看到,然后关上所有门,把它们全部锁好。

砰!

我收拾了一下赫伯特的房间(我的朋友正好不在家),问他要不要睡觉。他回答说"要的",然后我又拿出换洗的衣服,给他摆在床上。

通缉
-逃犯-

通缉
-逃犯-

通缉
-逃犯-

我回到刚才的房间，给壁炉添了把柴，坐在炉火边害怕得不敢睡觉。呆坐了一个多小时，我还是头脑发昏，无法思考；而当脑子稍微清醒一点儿的时候，我立刻意识到我已经完了，我的人生之船已经被海浪拍得粉碎了。

郝维辛小姐对我的好意不过是一场美梦，对她来说，我只是她庄园里的一件方便取用的工具。而事实上，我竟然为了一个不知道犯了什么重罪的犯人抛弃了乔。

皮普的远大前程

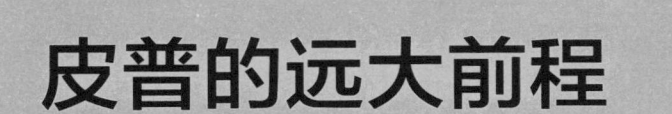

第二阶段

到此结束。

第15章

"早上好。"

第二天早上,逃犯推开房间的门走了出来。

当他在桌边坐下来的时候,我低声说道:"我还不知道该怎么称呼你。"

"麦格维奇,"他回答说,"我的教名是阿伯尔。"

你们好!
我的名字是
阿伯尔·麦格维奇。

我给他在埃塞克斯大街找了一间房子，并对房东说他是我的叔叔。住处安排妥当后，我又一家店一家店地逛，给他买了很多用来改变外貌的东西。

　　那天，赫伯特回来了。我、赫伯特和麦格维奇三个人在炉火边坐了下来，我把我和麦格维奇的秘密向赫伯特和盘托出，他听了后那副震惊和不安的神色简直无法用语言形容。

　　麦格维奇盯着火焰沉默了一会儿，眼神里充满了愤怒。然后他转头看向我们，讲了下面的故事。

接下来是麦格维奇的故事

这就是
阿伯尔·麦格维奇的故事

（由阿伯尔·麦格维奇讲述）

    不断地入狱，出狱，入狱，出狱，入狱，出狱……这就是我的人生。直到我和皮普成为朋友，然后被流放到海外，事情才有了变化。

    我流浪、乞讨、偷东西，能干活的时候也会干活——比如去别人的地盘偷偷打猎，出力做做苦工，赶赶马车，翻翻干草，摆摊卖卖小玩意儿，还干过许多赚不到钱却总给自己惹麻烦的活儿。

二十多年以前，我在爱普桑赛马场认识了一个名叫康佩森的人。他是个绅士，曾在公立寄宿学校受过教育，很有教养。他很会说话，人长得也不错。但他的心肠比铁锉刀还硬，人像死神一样冷酷，还有恶魔般的头脑。

"看起来你这个人运气不太好。"康佩森对我说。

"是啊，老爷，我的运气从没好过。"（那时我刚从金斯顿监狱出来。）

"运气是会变的，"康佩森说，"说不定你马上就要转运了。"

康佩森拉我入了他的团伙。他们一伙干的都是**诈骗、伪造字据、把偷来的银行券变现**之类的勾当。

这个人把我当成了他的**奴隶**。我总是欠他的债，总是随意被他摆布，总是给他拼命工作，还因此多次以身犯险。

不久之后，我们都被抓了。

我们都被指控犯了盗窃银行券并使其非法流通的罪，当然还有其他一些罪名。

康佩森跟我说："**各自找律师，不必再联系。**"

那时候我穷得叮当响，只能卖掉所有的衣服，只留下身上穿的这一件，才请到了一个律师——贾格斯先生。

当被押上被告席的时候，我看见康佩森打扮得一副上等绅士模样：一头卷发，一身黑衣服，上衣口袋里还露出一角雪白的手绢。而我呢？大多数可怜鬼什么样，我就是什么样。

"他看起来仪表堂堂啊！"

"好一个邋遢鬼！"

"穿得破破烂烂！"

"我打赌，有罪的肯定是他！"

被告人 #1
康佩森先生

被告人 #2
麦格维奇先生

原告列举的罪证大部分都是针对我的，只有很小一部分是针对康佩森的。证人发誓目击到的犯人总是**我**，证据显示接收黑钱的也总是**我**，捞到的好处也总是落在**我**手里。

宣判时，他只被判了监禁七年，而我被判了十四年。

我们被关在同一艘监狱船上,但我设法逃到了岸上,躲进一片墓地里。我觉得这下子终于可以摆脱康佩森了。然后我就遇见了我的好孩子——皮普!

然而从皮普的话里,我得知康佩森也逃到了这片沼泽地里。于是我找到他,对他说:"**我要把你弄回监狱船!**"要是可以的话,我早就揪着他的头发游泳,把他拖回去了。

当然,最后还是他占到了便宜——毕竟他人品看起来那么好,还跟别人说是我一心想弄死他。他又减了刑。而我又戴上镣铐重新受审,最后被判流放到澳大利亚。

结束 (此事暂时告一段落)

"他死了吗？"沉默了一会儿后，我问道。

"我的孩子，你说谁死了？"

"康佩森。"

> 我再也没听到过他的消息了。

他一脸凶相地说道。

赫伯特一直用铅笔在一本书的封面上写着什么。趁麦格维奇站起身来，一边抽烟一边盯着炉火发呆的时候，赫伯特轻轻把这本书推到我眼前，上面写着：

康佩森就是郝维辛小姐以前那个所谓的情人。

> 那个缺席自己婚礼的家伙！

我合上书，冲赫伯特微微点了点头，把书放到了一旁。但我们谁也没说话，只是看着麦格维奇站在炉火边抽烟。

当逃犯返回自己的住处之后，我和赫伯特就能没有顾忌地讨论这个话题了：接下来该怎么办？

"首先要办的事情——也是最重要的事情，"赫伯特说，"就是让麦格维奇离开英格兰。"

> 你也得和他一起走，这样才有可能说动他。

于是我们开始制订计划。

但还有件要紧的事：去见郝维辛小姐！

第16章

摊牌时刻

不等太阳升起,我就搭上马车出发了;等到了空旷的乡村大路上,才迎来了晨曦。

在那间地上立着梳妆台、墙洞里点着蜡烛的房间里,我见到了郝维辛小姐,还有**艾斯黛拉**。郝维辛小姐倚在炉火边的长沙发上,艾斯黛拉坐在她脚边的坐垫上,正织着什么东西。

我以为她在伦敦!

郝维辛小姐问道:"什么风把你吹来了,皮普?"

"我知道我的资助人是谁了。"

正当我停下来看着艾斯黛拉,盘算着该如何把话继续说下去时,郝维辛小姐开口了:

所以呢?

当你第一次叫人把我带过来的时候,郝维辛小姐,我听你的话来了。

但倘若我不来,也会有其他男孩过来,是不是?

我过来是不是只是给你当仆人的?

点头
点头
点头

"是啊,皮普,"郝维辛小姐连连点头,"确实是这样。"

"但是你故意误导我,让我相信赠予我财产的人是你?"我问。

巨大的误解

我的资助人 = 郝维辛小姐 ← 显然不是!

"是的。"她又点了点头。

"您这是出于好心吗?"

郝维辛小姐突然满脸怒色,她用手杖猛戳地板并大声吼道:"我是谁?我是谁?老天爷啊,我为什么要做一个好心人?"

艾斯黛拉也被吓了一跳,慌忙抬起头看着她。

"好心"计量表

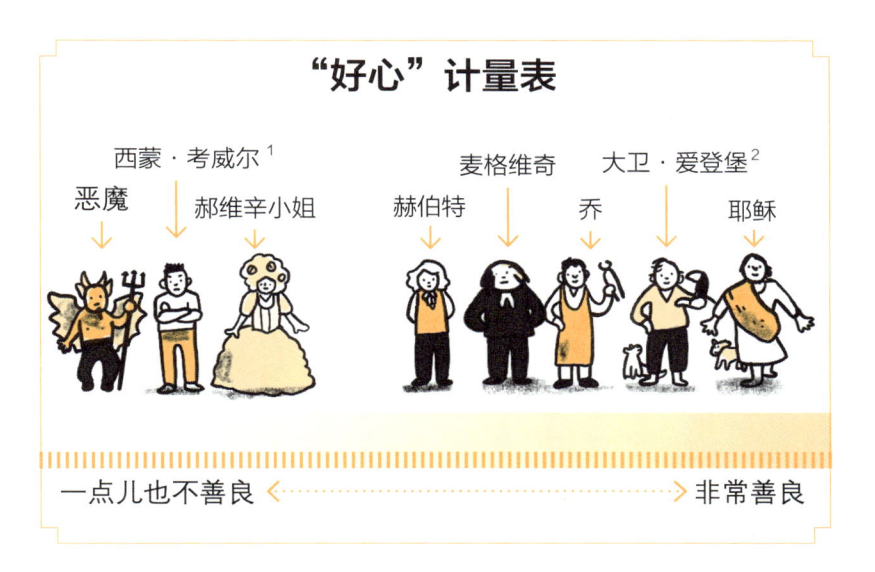

西蒙·考威尔[1] 麦格维奇 大卫·爱登堡[2]
恶魔 郝维辛小姐 赫伯特 乔 耶稣

一点儿也不善良 ←----------------→ 非常善良

发过火后,她调整了一下坐姿,脸上换回了幽怨的表情。

"得了,得了,得了!你还想说什么?"她说。

直到现在,艾斯黛拉都一直没有停下手里的针线活。

"你还有什么想说的?"郝维辛小姐又重复了一遍。

"艾斯黛拉。"我转头看向她,努力控制着颤抖的声音。

哈——呼——

开始吧!

---

1 西蒙·考威尔,英国著名音乐人,在担任选秀节目评委时,对选手的评语尖锐、苛刻。作者这里说他不善良,有调侃的意味。——编者注
2 大卫·爱登堡,英国BBC电视台著名节目主持人,被誉为"自然纪录片之父"。
——编者注

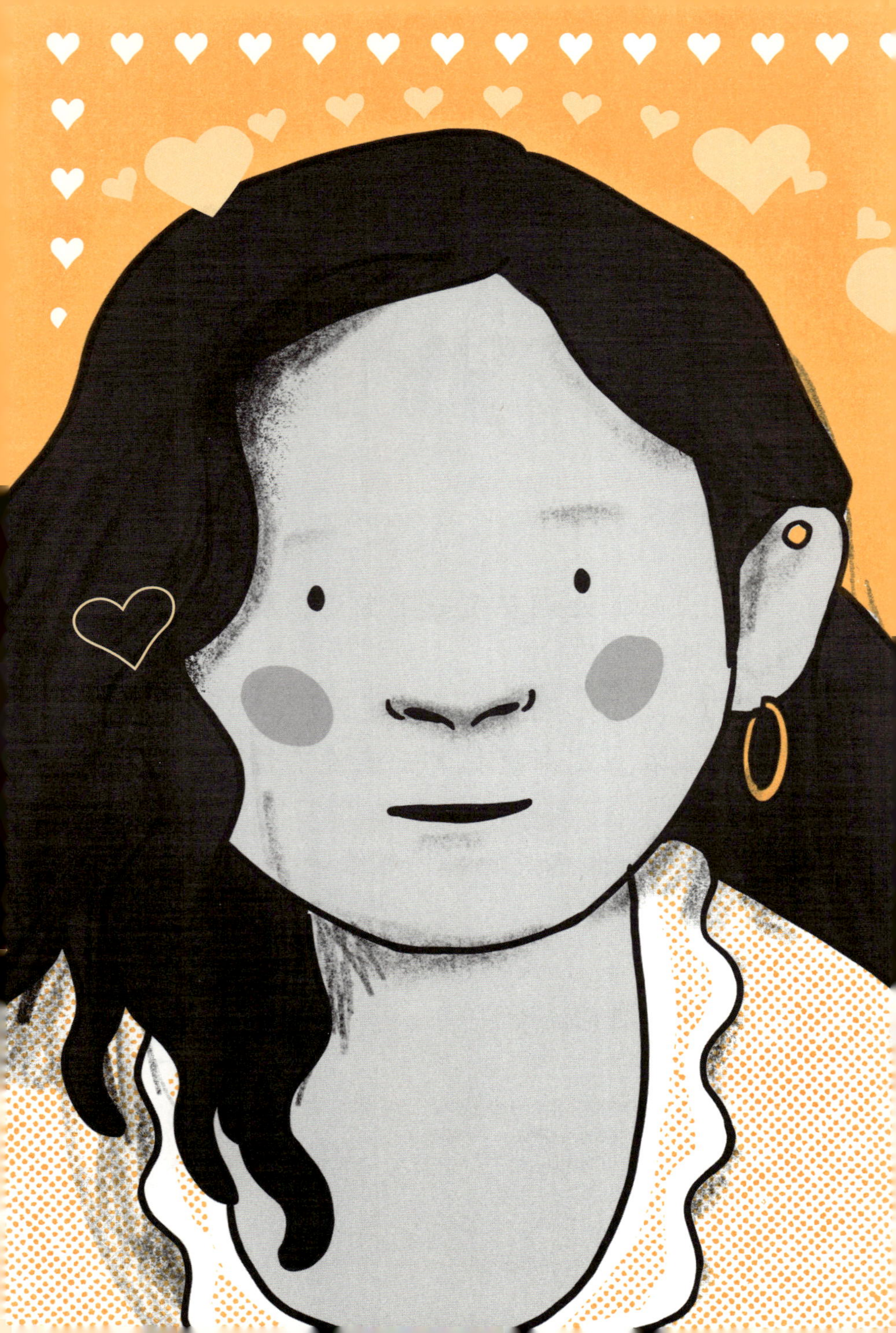

"你知道

我爱你。

第一次在这所房子里见到你的时候,我就爱上了你。"

她一脸漠然地看着我,手里依旧在织着东西。她朝我摇了摇头。

"随你怎么说,我一点都不在乎。"艾斯黛拉说道。

她看向郝维辛小姐,一边继续忙着手头的活儿,一边思忖了片刻。然后她说:

> 还是告诉你实情吧,我要嫁给本特利·朱穆尔了。

"他把这枚戒指戴在了我手上。"

"你不能爱上他，艾斯黛拉！"

我把脸埋进两只手里。"我最亲爱的艾斯黛拉呀，你可以永远不理我，但请你嫁给一个更值得你去爱的人，而不是**朱穆尔**这种家伙！"

绝不能是他！

她缓和了语气，接着说道："我会嫁给他。婚礼已经在准备了，我很快就要结婚了。就算想后悔也来不及了。"

"不要这样，艾斯黛拉！"

"不出一周，你就会忘了我的。"她说。

"忘了你！" 我说，"你是我生命的一部分，是我这个人的一部分。在这里第一次见到你之后，哪怕你当时伤透了我这个粗野又平凡的男孩的心，可是自从那以后，我读书读到的每一行字里都有你的身影……我眼睛所及之处都有你的身影。"

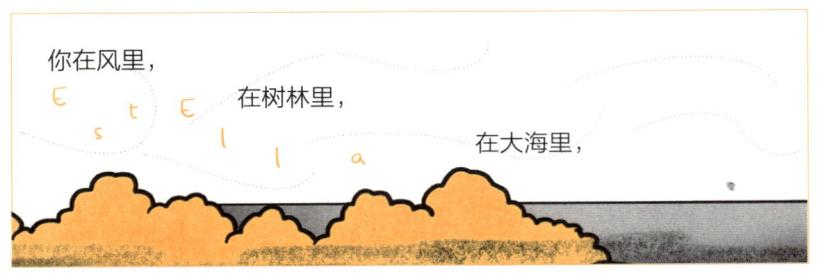

在航船上，

你在小河里，

在沼泽地里，

在云朵里，　在阳光底下，

也在漆黑的夜里，

你在风里，

在树林里，

在大海里，

在我走过的每一条小巷子里。

艾　斯　黛　拉

就这样，我向她道了别。可后来我想起来，那时的艾斯黛拉只是用惊诧的、将信将疑的眼神看着我，而郝维辛小姐却用手捂着心口。郝维辛小姐那鬼魂般的身形好似凝结成了一道阴森的目光，目光中满是怜惜和懊悔。

帮助麦格维奇的计划

1. 找一艘小船 （并学习如何划船）

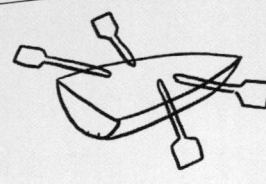

2. 带着麦格维奇在泰晤士河上开始划

3. 途中碰到一艘前往欧洲大陆的大船

4. 我和麦格维奇藏进大船里

5. 我们一起驶向自由的生活

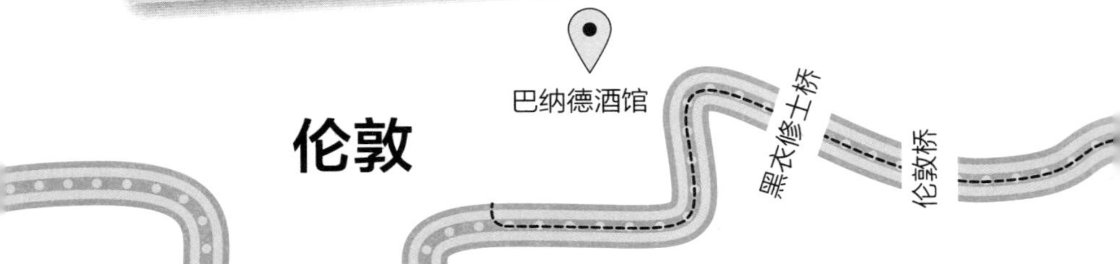

伦敦

巴纳德酒馆　黑衣修士桥　伦敦桥

第17章

这对赫伯特来说，实在是太冷了……

我开始出门学习如何划船：有时自己练，有时和赫伯特一起。寒风凛凛的日子，大雨倾盆的日子，雨夹雪的日子，我都常常出去练习。起初我最远只能划到黑衣修士桥，但随着涨潮时间的变化，我能划到更远一点儿的伦敦桥了。渐渐地，我开始能在普尔港口停靠的船只之间来回穿梭，还能一口气划到伊里斯。

北

伊里斯

训 练

《白痴也能学划船》

为了能使计划成功，我拼命练习。

学会划船至关重要！

我没日没夜地练习。

剪 影！

我牵挂着艾斯黛拉……

我还常常为麦格维奇而流泪。

几天后,我收到了一张便条。郝维辛小姐要我去见她。

> 皮普,
> 我想见你,
> 有件小事儿要和你说。
> ——郝维辛小姐

花园里,光秃秃的树丛上盘旋着几只乌鸦,它们凄厉地叫着,似乎在向我诉说着这儿的变化——艾斯黛拉已经永远离开了此地。

我独自走上楼梯。郝维辛小姐并不在她自己的屋子里,而是在楼梯平台对面的大房间里。我见她正坐在炉边的一把破椅子上,盯着积满灰烬的壁炉,一副若有所思的样子。

我也拉过来一把破椅子,坐到壁炉边。这时,我在她的脸上察觉到了一丝此前从未有过的神情——仿佛她怕我似的。

她开口说道:"我想继续和你谈谈上次你来时提到的事情,也想让你明白我不是个铁石心肠的人。"

> **象牙片**
> 用来做笔记。写在象牙片上的字迹可以被擦掉,它有点像一块便携式的小黑板。

她从口袋里掏出一沓泛黄的象牙片,上面嵌着的金边已然黯淡无光。她又从脖子上挂着的同样黯淡无光的金盒子里取出一支笔,在象牙片上写了起来。

"这是一份让贾格斯先生帮赫伯特还清债务的凭据。"

我从她手里接过象牙片。

"希望有一天,你能在我的名字下面写上'我原谅她了'这几个字。虽然到了那时,我伤透的心早就化作了尘土,但我还是祈求你写下这几个字。"

> 亲爱的贾格斯先生,
> 请用我账户中的钱
> 为赫伯特·波齐特还清债务。
> 郝维辛小姐

"啊,郝维辛小姐,"我说,"我现在就可以写。相比之下我更需要别人的宽恕,更需要别人的指引。我怎么能责怪您呢。"

"我已经原谅您了!"

她把头转向我,抽泣了起来。

"我都做了些什么啊!我都做了些什么啊!"她双手绞在一起,不停地扯着自己灰白的头发,口中一遍又一遍地哭喊着这句话。

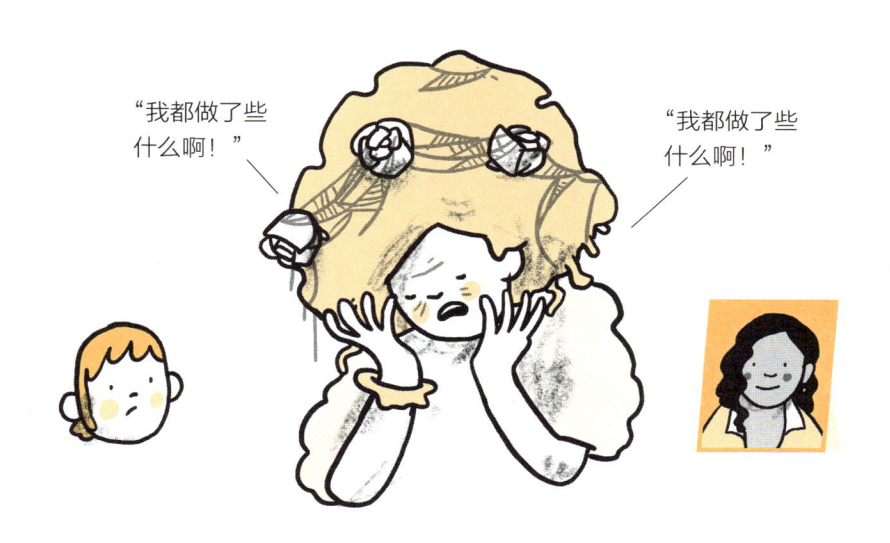

"我都做了些什么啊!"

"我都做了些什么啊!"

我知道她是在说艾斯黛拉的事儿。

"艾斯黛拉是怎么到这儿来的?"我问。

她摇了摇头。

"您不知道?"

她又摇了摇头。

她放低声音,小心翼翼地说了下面的话。

这 是
艾斯黛拉的故事

（由郝维辛小姐讲述）

"是贾格斯先生把她带到这里的。那时候，我已经把自己关在这些屋子里好久了（我不知道具体有多久，你知道这里的钟都停在几点）。我跟他说我想要一个小女孩，我想要抚养她、疼爱她，让她不要重蹈我的覆辙。

"他告诉我，他会帮我找一个孤儿。有一天晚上，他带了一个熟睡的女婴过来，我给她起名叫艾斯黛拉。

"相信我,她刚来这里的时候,我是真的想要帮她,我不想让她有我这样的悲惨经历。

"但随着她逐渐长大,我对她的教导反而越来越糟糕。我常拿自己的可怜样子给她做警示,却也因此让她的心肠变成了冰块。"

即便再听下去，我还能做些什么呢？郝维辛小姐已经把艾斯黛拉的一切都告诉了我，我也已经尽我所能努力安慰她了。我不记得我们分别时说了什么。到了分别的时候，我们本来应该再说点什么的，但这已经不重要了。我们就这样分别了。

我走下楼梯，到外面的时候，只见暮色四合，夜晚就要来了。我朝荒废的花园走了过去。我绕着花园走了一圈，经过了当年我和赫伯特打过架的角落，又经过了我和艾斯黛拉散过步的小路。最后我从敞开的木头大门走了出去——当年，正是在这扇大门边，被艾斯黛拉伤透心的我拼命撕扯自己的头发。

走到前院时，我突然觉得还是该再回楼上看看，好确保郝维辛小姐安然无恙。

我朝方才的屋子里瞥了一眼，看见她依旧背对着我坐在壁炉边的破椅子上。

正当我转头准备悄悄离开时，炉子中猛然蹿出了一道巨大的、耀眼的火舌。

这时，
我看见郝维辛小姐
拼命跑向我，

她大声尖叫着，

一团火已经覆盖了
她的全身，

头顶的火焰甚至
蹿起了几英尺高。

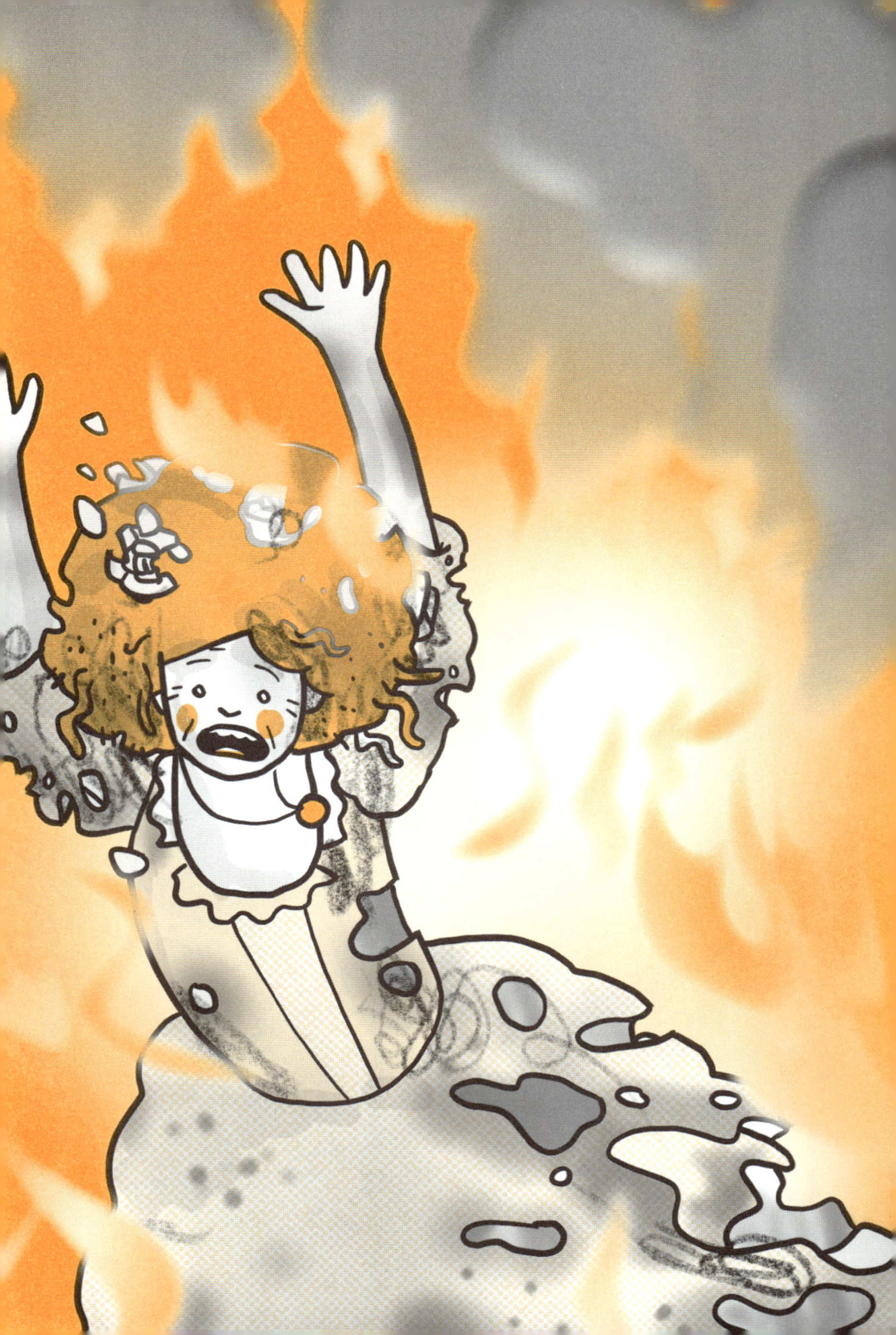

我连忙把身上的大衣脱了下来，一把将她扑倒在地，然后用大衣盖住她；为了再多盖一层，我把长条桌上的桌布也扯了下来，桌面上那堆腐烂的旧物，连同所有丑陋恶心的东西，都顺势被翻倒在地上。我们两个像一对你死我活的敌人那般，在地板上缠斗在一起，我越是把她盖得严实，她就越是死命挣扎、不住叫嚷——而这一切我都是事后才知道的，当时的我什么都感觉不到，脑袋里空空一片，甚至根本不知道自己在做什么。

直到我们都躺倒在长条桌旁的地面上时，我才回过神来。着火的织物碎片在满屋的烟尘中上下翻飞，它们在不久前还是郝维辛小姐身上那件褪色的婚纱。

我朝四周望了望，看见惊慌失措的甲虫和蜘蛛在地板上四处逃窜。家里的仆人们终于大呼小叫着闯了进来，个个跑得上气不接下气。

什么情况?!

我爬了起来,看到自己烧伤的双手后吓了一跳——我根本没感觉到痛。

检查了一番后,医生表示郝维辛小姐的烧伤并不严重,但危险的是,她陷入了神经性休克。仆人们把她的床搬到这间屋子里,放在大长条桌上,然后把郝维辛小姐抬到床上,这样一来,倒是便于医生为她清理和包扎伤口。

曾经她在这儿伸着手杖告诉我,有朝一日她会躺在这张桌子上。现在她真的躺在上面了。

临近午夜,她开始喃喃地胡言乱语。之后,她不断地重复一句话,声音低沉而肃穆:

我都做了些什么啊!

郝维辛小姐还念叨着："她刚来这里的时候，我是真的想要帮她，我不想让她有我这样的悲惨经历。"

她接着又说："求你拿起笔，在我的名字下面写一句'我原谅她了'！"。

我紧张惶恐的原因

- 担心郝维辛小姐的健康。
- 不知道艾斯黛拉是否喜欢我。
- 害怕蠢货。
- 担心麦格维奇的安全。

眼看待在这里也帮不上什么忙了，而且家里那件让我紧张惶恐的事情也亟待解决，我决定搭早上的马车回去。第二天早上六点，我在郝维辛小姐旁边俯下身来，轻轻地吻了一下她，这时她正好又在说："求你拿起笔，在我的名字下面写一句'我原谅她了'！"

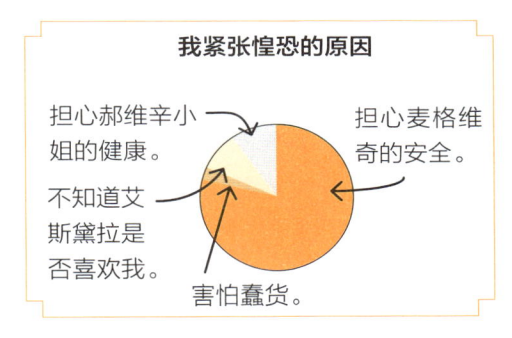

我原谅她了
——皮普

第 18 章

我不在家的这段时间里，赫伯特详细调查了各种从伦敦出发的外国船只，记录了它们的出发时间，并预估了我们可能会在海上的哪个位置遇到它们。

皮普和麦格维奇的逃亡计划

很大的船

出发时间：凌晨 1:00
目的地：德国

时间表

"这艘就是你们可以搭乘的船。"

研究了一番后，我们发现一艘驶往汉堡[1]的蒸汽船最适合我们的计划。于是，我们花了几个小时分头行动。我立刻去准备各种必要的护照。

我们要去的地方不是这种汉堡。

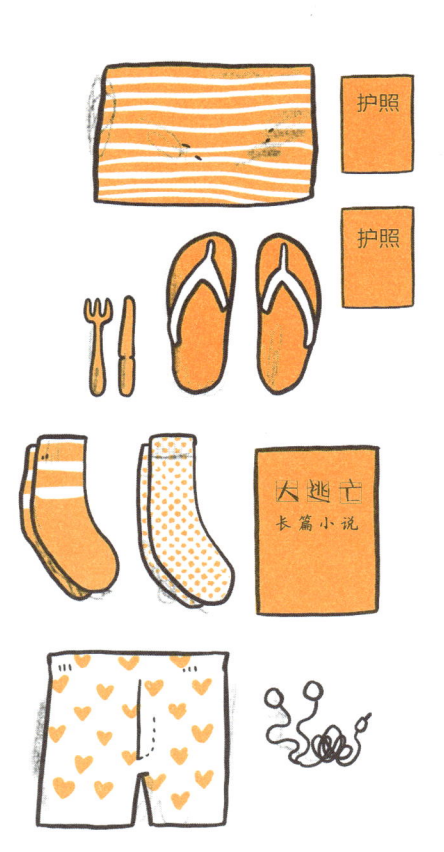

时值三月，正是阳光明媚但寒风依旧凛冽的季节：有太阳的地方像是夏天，可一旦走进背阴处，仿佛立刻进入了冬天。我们都披了呢子大衣，我手里还提了个塞满旅途必需品的袋子，其他的身外之物就都留在家里了。

---

1 德国重要的海港城市。——编者注

我该去哪里，我要做什么，我什么时候能回来，这些对我来说都是无法回答的问题。我也懒得为了这些问题费脑筋，因为想要回答它们，首先必须保证麦格维奇的安全。

我紧张惶恐的原因

担心麦格维奇的安全（全部的、唯一的原因）

　　麦格维奇披着一件航海斗篷，挎着一个黑色的帆布袋，看上去完全是我心目中海上领航员的样子。

　　"好孩子！"他坐进船里，搂着我的肩膀说道，"靠谱的好孩子，干得漂亮。谢谢你啦，谢谢你啦！"

　　就这样，我们登船出发了。

凉风习习，煦日当头，小船缓缓前进，河水轻轻荡漾，一切都向我昭示着新的希望，令我神清气爽。

很快，我们划过了老伦敦桥，

划过了泊满牡蛎船的老海鲜市场，

划过了白塔和叛徒之门。

我们满脑子都是被跟踪的恐惧。我们中时不时有人压低了声音问："这水花是哪儿来的？"或者问："那边的是船吗？"

然后，我们就会保持死一般的沉默。可这时，我心里就会不安地埋怨：为什么这小船桨会弄出这么大的声音来？

航行中，麦格维奇点上烟斗抽了起来。有时他也会放下烟斗，伸手拍拍我的肩膀，仿佛我才是那个身处险境的人，而他只是在安慰我。

我们停泊在河岸一处隐蔽的地方，等着那艘蒸汽船出现。有时候我们裹紧大衣在岸边躺一躺，有时候爬起来活动活动，暖一暖身子。那艘船终于来了，于是我们赶快划着小船来到它的航线上。

蒸汽船来了！

当蒸汽船全速向我们驶来时，我们立刻把随身的两个包准备好。可这时，我突然发现一艘四桨小艇从不远处的河岸冲了出来，朝着与我们相同的方向前进。

这些家伙是谁？

我让麦格维奇赶快坐好，别乱动，用斗篷把自己裹严实。他一副兴冲冲的样子，还说了一些叫我放心之类的话。

好孩子，相信我。

然后他就一动不动地坐在那里，好像一尊石像。

这时，那艘小艇已经和我们肩并肩了。我们互相挨着，中间只留下刚好划得开桨的距离。它紧紧地咬住我们，我们不划桨它也不划，我们划一两桨它也划一两桨。小艇上掌舵的人目不转睛地盯着我们几个，他身边有个人像麦格维奇一样用衣服把自己裹得密不透风，看起来畏畏缩缩的，他一边打量着我们，一边向掌舵人耳语了几句。两艘船上都静悄悄的。

蒸汽船正飞快地接近我们，桨轮拍击水面的声音越来越响。那艘小艇上掌舵的人严厉地瞪着我们。

你们船上有一个潜逃回国的犯人！

他叫阿伯尔·麦格维奇。

我来缉拿此人，奉劝此人主动投降，也希望诸位协助配合。

他一边说着一边掌舵让小艇向我们逼近。趁我们没有防备,他手下的人猛地一划,然后收起船桨,伸手牢牢抓住了我们船舷的上沿。

刹那间,掌舵人一把揪住了麦格维奇的肩膀。两艘小船在蒸汽船掀起的波浪中左右摇晃。

麦格维奇一跃而起，身子跃过抓住他的警官，一把拽住小艇上那个畏缩的人的斗篷，使劲一扯，那个人的脸瞬间暴露了，他就是当初我见过的另一个逃犯——**康佩森**。

我的老天！
是**康佩森**，
也就是
当初的另一个逃犯，
也就是
麦格维奇曾经的犯罪搭档，
也就是
郝维辛小姐曾经的未婚夫！

你！！！

砰！

扯！

我看见康佩森吓得脸色煞白，急忙向后闪躲，这副见了鬼似的表情令我永生难忘。同时河中响起了猛烈的

哗啦声，

我感觉到

我们的船

正往下

沉。

我马上被人捞到了小艇上,赫伯特已经坐在上面了。但我们的小船不见了踪影,同样不见踪影的还有那两个犯人。

蒸汽船上的人大声惊呼,吵闹个不停。伴随着尖锐的呼啸声,蒸汽船排出锅炉里的蒸汽向前驶去。我乘坐的小艇也在向前驶去。一时间,头昏脑涨的我已经分不清楚哪里是天,哪里是水,也分不清楚哪里是北岸,哪里是南岸。

但小艇上的人很快就停止了划船,放下手里的桨。

每个人都一言不发,急切地扫视水面,想看看有没有两个犯人的踪迹。

气喘吁吁!

哗!

麦格维奇被拉进船里,警官们立刻给他戴上了手铐和脚镣。

水面早已恢复了平静,蒸汽船也走远了;每个人都知道,再搜下去也无济于事了。

第19章

麦格维奇的胸口受了重伤,头上也被划开了一道口子。

他告诉我,在他伸手揪住康佩森的斗篷的时候,这个混蛋吓得蹦了起来,拼命向后闪躲,两个人因此都从船上滚了下去。

"我们都掉进了水里。"

落水后，他们用胳膊紧紧锁住对方，纠缠在一起，

在水下扭打了一番，

然后麦格维奇甩开了对手，转身游走了。

"对不起，
麦格维奇。"

太阳渐渐西沉。昨天我们背对着这轮太阳出发，现在却不得不迎着它返航。我对麦格维奇说，一想到他这次溜回国全是为了我，我心里别提多难过了。

"好孩子啊，"他回答说，"能够冒险回来我已经很满足了。我见到了我的孩子，哪怕没有我的看顾，你也能成为一位绅士。"

"我永远不会离开你身边，"我说，"你待我这么真诚，我也要同样真诚地待你。"

拥抱！

整个庭审过程相当简短。能为他说的一切好话我们都说了，比如他已经变得勤劳能干，比如他发财致富完全是靠合法的、体面的途径，等等。但无论说什么，都抵消不了私自潜逃回国这一罪名。此等重罪面前，想要给他脱罪已经是不可能的了。

每日准许我探监的时间非常短,而且总有警官跟在身后。日子一天天过去,我逐渐注意到,现在的他总是面色阴沉一声不吭地盯着牢房惨白的天花板看。我的只言片语偶尔能让他的脸上重焕一点儿容光,但这些光亮又总会迅速消逝。

有时他几乎不能说话，或者完全没有张口的力气，只能靠轻轻按我的手来回我的话。不久，我也能理解他想表达什么了。

　　到了第十天，我察觉到他身上有了一些前所未有的变化。他的双眼看向了门口，而且见到我进来，目光中竟有了光彩。

　　"谢谢你，好孩子，谢谢你。老天爷保佑你！你从来没有抛弃我，我的好孩子。"

他用尽最后一丝微弱的力气，
将我的手拉到他的唇边吻了吻。

然后他松了松手，让我的手轻轻
落在他的胸口，又用自己的手覆在我
的手上。

他的头静静地垂倒在胸前。

接下来

麦格维奇去世后，我发了一场高烧。

乔来到我身边照顾我，直到我痊愈。

赫伯特爱上了一个名叫克拉拉的女士。

他找到了一份在埃及的工作。

我也跟着去了！我离开英国，同赫伯特、克拉拉一起在埃及工作和生活。

怎样？

我一直与乔保持通信。

他也坠入爱河了！

他爱上了毕蒂——那个我从小就认识的姑娘。

见第 67 页

我听闻艾斯黛拉过得很不幸，她的丈夫死了。除此之外，我就没有关于她的别的消息了。

泰晤士报

一男子死于马匹事故

情况稳定？不……

当地一名为人凶恶的男子不幸去世，该名男子因其自大、贪婪、残忍、吝啬而远近闻名。

事故发生时该名男子当场死亡。据悉，事故原因系其以恶劣的方式对待马匹。

下接第 5、6、7、8 版。

但艾斯黛拉错了，我并没有很快忘记她。

我依然每日想念她。

∵ 叹气 ∵

第20章

十一年后

我已经十一年没有见过乔和毕蒂了。在一个十二月的夜晚,大概天黑后又过了一两个小时,我的手轻轻地推开了老家厨房的门。

乔依旧在厨房炉火边的老位置上抽着烟斗,他依旧身强体壮,只不过头发有些变白了。他身边依旧摆着我曾经坐过的小板凳,上面坐着一个像我当年一样的小孩!

> 我亲爱的老弟，我们给他起了和你一样的名字，也叫皮普。

我又拉了一个板凳过来，坐在小孩的旁边。乔开心地告诉我孩子的名字。

> 我们希望他能长得有一点点像你，现在看确实还挺像呢。

我也这么觉得。第二天一早，我带着他出门散步，我们一边走一边聊，很快就变得熟悉了。

我还带他去了教堂的墓地，我把他抱起来放到一块墓碑上，他便指给我看哪块墓碑刻的是"菲利普·皮里普 已故的本教区居民"，哪块墓碑刻的是"乔治亚娜 前者之妻"。

下一站:郝维辛小姐的房子

这里已经没有什么房子了,所有建筑物都没能保留下来,剩下的只有旧花园的一堵墙。

空荡荡的地方被简陋的栅栏围了起来,透过栅栏的缝隙,我看到苍老的常春藤又重新扎了根,在低矮冷寂的残砖断瓦上抽出了绿芽。栅栏上有扇半掩的门,我推开门走了进去。

从下午开始，周遭就一直蒙着一层银灰色的雾。此刻，月亮尚未升起，但星星已然在雾霭之上闪烁了。月亮就要出来了，夜色并不昏暗，我还能认出这儿的每一处本属于有余庄园的哪个部分。

我顺着已经荒芜的花园小径望去，看见了一个孤单的身影。

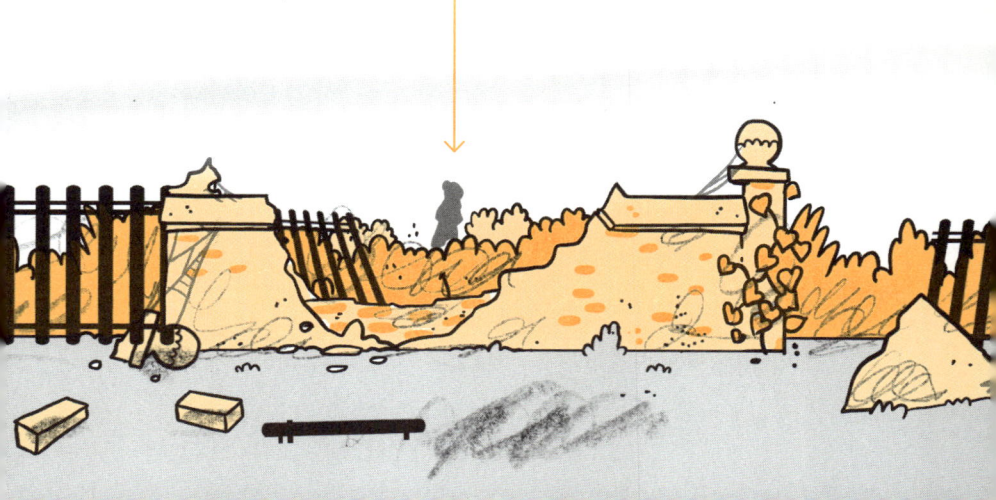

"哦,你好!"

艾斯黛拉!

我们就近找了一张长凳坐了下来。我说:"这么多年过去了,没想到我们还能再次见面。艾斯黛拉,这儿就是我们第一次见面的地方呀!你经常来这里看看吗?"

"上次离开后就再也没有来过。"她说。

"我也是。"

月亮渐渐升起了,我想到了麦格维奇。我想起了他临终之前,当我说完最后几句话时,他把手轻轻地按在我的手上。

"好孩子,谢谢你。"

"谢谢你。"

我想他了。

"尤其是最近，时不时就会想起你。"她接着说道，"很长时间以来，我努力不去回想我抛弃了什么，可它们其实一直都被我藏在心里。"

"你也一直在我心里。"我回答说。

"希望你还能像从前那样体谅我，善待我。我们还是朋友吧？"

"我们还是朋友。"我说。她从长凳上起身，我也跟着站了起来。

"即便天各一方，我们还是朋友。"艾斯黛拉补充道。

我握住她的手,与她一同走出了这片废墟。就像很久之前,我第一次离开铁匠铺时的晨雾那样,此时的夜雾也正在慢慢散去。清朗的月光铺满道路,我望不见任何阴影,也许,我和她再也不会分离了。

完结

狄更斯的一生

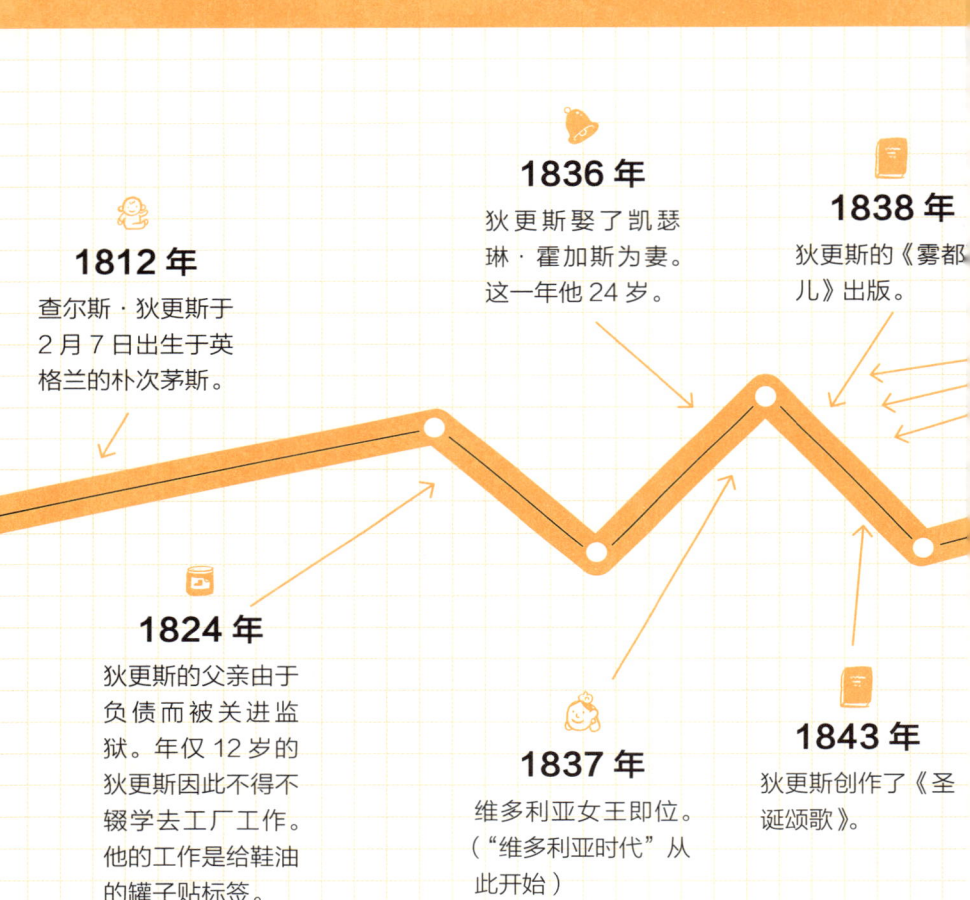

1812 年
查尔斯·狄更斯于 2 月 7 日出生于英格兰的朴次茅斯。

1824 年
狄更斯的父亲由于负债而被关进监狱。年仅 12 岁的狄更斯因此不得不辍学去工厂工作。他的工作是给鞋油的罐子贴标签。

1836 年
狄更斯娶了凯瑟琳·霍加斯为妻。这一年他 24 岁。

1837 年
维多利亚女王即位。("维多利亚时代"从此开始)

1838 年
狄更斯的《雾都孤儿》出版。

1843 年
狄更斯创作了《圣诞颂歌》。

狄更斯的趣事

★ 狄更斯睡觉时喜欢让头朝向北面。他觉得这样可以给他更多创作灵感。

★ 他有一只名叫格里普的宠物乌鸦,这只乌鸦曾经啄伤了他孩子们的脚踝。

★ 他发明了许多炫酷的词,比如 butterfingers(黄油手,指手滑、拿不稳东西的人)和 fluffiness(像棉绒一般)。

1837—1852 年
狄更斯和凯瑟琳一共生了十个（**十个！**）孩子。他们分别叫查理、玛丽、凯特、瓦尔特、弗兰西斯、阿尔弗雷德、西德尼、亨利、朵拉和爱德华。

1901 年
维多利亚女王去世。（"维多利亚时代"就此终结）

1858 年
狄更斯和凯瑟琳分居。

1861 年
狄更斯创作了《远大前程》。这是一本好书，你一定会喜欢它的。

1870 年
查尔斯·狄更斯于6月9日去世，享年58岁。

1992 年
改编自《圣诞颂歌》的《布偶圣诞颂》被搬上大银幕。这是一部好电影，你一定会喜欢它的。

★ 他给他的孩子们取了一些稀奇古怪的昵称，比如"追鸡高手"和"魔鬼盒子"。

★ 他特别害怕蝙蝠。

★ 他是一位业余魔术师。

★ 他是"鬼魂俱乐部"的成员，这个俱乐部专门调查一些灵异事件。